KB093531

오기를 처뜨리다

우연히

朝光って by Gôzô Yoshimasu

朝光って by Gôzô Yoshimasu ⓒ1984, 1998, 1999
All Rights Reserved
Korean Translation Copyright ⓒ 2004 by Dulnyouk Publishing Co.
Korean Translation rights arranged with Gôzô Yoshimasu
through Ko Un.

어느 날 아침, 미쳐버리다
ⓒ2004 들녘

초판 1쇄 발행일 | 2004년 1월 26일

지 은 이 | 요시마스 고오조
옮 긴 이 | 손순옥
책임편집 | 고   은
펴 낸 이 | 이정원

펴 낸 곳 | 도서출판 들녘
등록일자 | 1987년 12월 12일
등록번호 | 10-156
주   소 | 서울 마포구 합정동 366-2 삼주빌딩 3층
전   화 | 마케팅 02-323-7849 편집 02-323-7366
팩시밀리 | 02-338-9640
홈페이지 | www.ddd21.co.kr

값은 뒤표지에 있습니다. 잘못된 책은 구입하신 곳에서 바꿔드립니다.
ISBN 89-7527-411-X (03830)

오늘의 세계 시인

오리털, 우체, 미쳐버리다

요시마스 고오조(吉增剛造) · 유숙자 옮김

요시마스
고 오 조
시선집

들녘

_요시마스 고오조

'오늘의 세계 시인'을 간행하면서

시는 죽었는가, 아니다.
시는 어디에 있는가. 여기 있다. 저기에 있다.
또한 시가 없는 곳에도 시가 있다.
인류의 시작과 함께 있는 시.
인류의 오랜 삶과 함께 있는 시.
인류가 사라질 때 함께 사라질 시.
그리하여 시는 이 지상의 처음과 끝이다.
온갖 슬픔과 기쁨 그리고 어둠과 한 줄기 빛살이 내려오는
모든 곳에서 시는 생명과 영혼의 기호이다.
우리는 이같은 시의 매혹과 존엄 그리고 그 뜨거운 숨결에
동행하기 위해서 현존 세계 시인들의
한 편 한편의 진실에 다가간다.
시는 있다. 시는 살아 있다.

책임 편집 고 은

죽은 시인의 사회에서 솟아오른 찬란한 불꽃놀이

나는 일본시를 잘 모른다. 겨우 대표 시선집으로 일본현대시사를 일별했을 뿐이다. 이런 무지 상태에서 요시마스 고오조의 시집을 읽어나가면서 나는 종이에 물 스미듯 그의 시세계에 들어섰다. 어느덧 번역시집이라는 사실도 잊었다.

시는 번역 불가능한 것이라고 말들 하지만 좋은 시는 '종족의 방언'의 경계를 넘어선다. 저자도 사라지고 원본도 증발한 채 한국어로 점화된 요시마스의 언어에 순간순간 반응하는 이 '순수한' 시읽기! 자본이 유령처럼 편재(遍在)하는 도쿄의 시인이 발신하는 언어의 절제된 폭발에서 나는 냉동된 사회성의 임리(淋漓)한 흔적들을 본다. 죽은 시인의 사회에서 솟아오른 이 찬란한 불꽃놀이는 뜻밖에 영검한 무(巫)의 신탁과 닮았다. 독자가 살아 있어 행복한, 그래서 한편 행동이 언어를 돌아보지 않는 대언(大言)으로 횡행하거나, 개인방언의 구시렁거리는 미로를 배회하는 어떤 매너리즘에 빠져 있는 최근의 한국 시단이 타산지석(他山之石)으로 삼아도 좋지 않을까?

崔元植
(문학평론가 · 인하대 국문과 교수)

어 느 날
아 침,
미 쳐 버 리 다

1부 초원으로 가자

어느 날 아침, 미쳐버리다 12

돌아가자 13

들개 15

초원으로 가자 20

시부야에서 새벽까지 23

물가에서 31

질주시편(疾走詩篇) 38

2부 눈 내리는 섬 혹은 에밀리의 유령

원(援) 48

알록달록한 천 49

나뭇잎을 씹는 아수라에 이끌려 50

세타가야의 수풀 무성한 곳으로 54

무사시노 방에서 56

예감과 재나무 57

로스앤젤레스 61

목포—사실은 목포까지 걸어가고 싶었다 67

봄의 하리미즈우타키(漲水御嶽) 73

이제 더 이상 한 그루의 나무도 필요없다 75

오래된 은행나무를 만나러 갔다…… 78

우리는 도대체 어디까지 가는 걸까, 이제 절망적인 기분이 들었다 80

이상한 가로수길 83

"장식된 꽃……"과 같은 영혼이…… 85

친구의 죽음을 슬퍼하며, 파리의 봄날 아침, 안개 같은 빛 속에서 88

교토에서 오는 어미고래를 위하여 90

죽은 어머니의 고향에서 어머니 목소리에 귀를 기울인다 95

흩날리는 눈에 입을 대어 보려고 98

밀크(「彌勒」, ……) 101

3부 오시리스, 돌의 신

적벽(赤壁)에 들어갔다 106

벙어리 왕 108

직녀 111

소녀가 홀로 하늘에 뜬다 114

나무의, '요정'의, 날개옷이, …… 117

돌! 121

옮긴이의 글 123

요시마스 고오조(吉增剛造) 연보(年譜) 127

원문시 129

1부
초원으로 가자

어느 날 아침, 미쳐버리다

나는 시를 쓴다
첫 번째 줄을 쓴다
조각칼이 아침에 미쳐버려 일어선다
그것이 나의 정의다!

아침 노을과 젖가슴이 아름다운 것만은 아니다
아름다움이 제일이라고 할 수는 없다
모든 음악은 거짓말이다!
아아, 무엇보다도 꽃이라고 하는 것을 폐쇄하여 전락시키는
것이다!

1966년 9월 24일 아침
나는 친한 친구에게 편지를 썼다
원죄에 관하여
완전범죄와 지식의 전멸법에 관하여

아아, 이것은
어쩌면 연분홍 손바닥에 구르는 물방울
커피잔에 비치는 젖가슴이여!
전락할 수 없도다!
칼자루 위를 미끄러지듯 달렸지만, 사라지지 않는 세상!

돌아가자

기쁨은 날마다 저만치 멀어져간다
네가 일생동안 맛보았던 기쁨을 다 세어보는 것이 좋을 거다
기쁨은 분명 오해와 착각 속에 싹트는 꽃이었다
까맣게 그을린 다다미 위에서
하나의 주발 가장자리를 살짝 어루만지며
낯선 신(神)의 옆모습을 상상하기도 하며
몇 년이 지나버렸다
무수한 언어의 축적에 불과한 나의 형체와 그림자는 완성된
듯하다
사람들은 들국화처럼 나를 보아주는 일이 없다
이제 언어에 의지하는 일 따위는 그만두자
실로 황야라고 부를 만한 단순한 넓은 평야를 바라보는 것 따위
어림도 없다
인간이라는 문명에게 아무리 불을 빌려달라 하더라도
그것은 도저히 헛된 일이다
만일 돌아갈 수 있다면
이미 극도로 지쳐버린 영혼 속에서 굵고 둥근 막대기를 찾아내어
거친 바다를 횡단하여 밤하늘에 매달린 별들을 헤쳐나아갈 노를
하나 깎아내어
돌아가자
사자와 송사리가 생몸을 부대끼며 서로 속삭이는

저 먼 창공으로
돌아가자

들개

앙상하고, 구부러진 우리들의 음표
앙상하고, 구부러진 우리들의 음표
골목길을 들개가 외로운 듯이 돌아다닌다
너!
북경 원시인의 대퇴골을 마구 찌르고 싶은 게로구나
너!
겟세마네* 동산에 앉고 싶은 게로구나
부슬부슬 비가 내린다
둥글게 말아넣은 독물(毒物)이 똑똑 떨어진다
골목길을 들개가 입을 벌린 채 헤매고 있다
덩치도 크지 않고
기분 좋은 하품도 하지 못한 채
쭈욱 늘어선 선량한 가정들
기품 있는 고양이가 말끔하게 세수를 하고
이를 닦는다
마음을 닦는다
발톱을 깎아 상자에 넣는다
산소를 마시고 후~ 하고 내뱉는다
현관, 현관, 현관, 현관
먼 옛날, 페스트에 걸린 호랑이가 점잔을 빼던 대초원
먼 옛날 노란빛의 장어가 격투하던 삼각주

현관, 현관, 현관, 현관
누군가가 말했지
귀신들이 말했지
해골을 예쁘게 단장하고 꽃구경이라도 가볼까 하고
들개가 언짢은 얼굴을 하고 중얼거렸다
해골 따위 도둑맞아 버렸어
뭐라고?
오데코롱**으로 되어 있는 주제에
앙상하고, 구부러진 우리들의 음표
앙상하고, 구부러진 우리들의 음표
자, 이제
해골을 마구 만들어낼 계절이다
페스트에 걸린 호랑이를 그려
그 등을 타고
출발이다
나가는 거다
앙상하고, 구부러진 우리들의 음표
앙상하고, 구부러진 우리들의 음표
누군가가 고꾸라질 듯이 간다
혁명이 혁명의 머리를 껴안고 가라앉아 있는 빈민 광장, 꼬치구
이집
밤안개
거세당한 두부처럼 녹초가 되어
용기백배
어지럽게 날고 있는 신문지를 헤쳐내고 밀쳐내어

나온다, 나온다
큰골과 고환의 콜라주가
목젖에
피리 하나를 건네주고
벌레에 물린 얼굴 상처의 틈새로 앞쪽을 말똥말똥 쳐다보며
페인트 묻힌 해파리 머리 스타일
기저귀를 손에 쥐고 울부짖는다
누더기투성이의 아랫도리를 쑥 내밀고
누군가가 전진하고 있다

앙상하고, 구부러진 우리들의 음표
앙상하고, 구부러진 우리들의 음표
아아, 지독히도 넓은 오선지
아아, 지구는 진흙밭을 울리는 악기인가
나는 뱅글뱅글 돈다
나는 예리한 핀셋처럼 걷는다
앙상하고, 구부러진 음표를 다발로 묶어 던져라
나는 뱅글뱅글 돈다
익살꾼이 끄는 수레바퀴가 끊어질 듯 삐걱이며 건너가고 있다
나는 지하(地下)를 배회하는 빛의 파편
꽃처럼 흩어져 가는 순백의 기계와의 랑데부!
청춘이라는 비상시간이 얽히고 얽혀
비뚤어진 봄이 비뚤어진 여름을 부른다
아아, 밑바닥이 구멍난 도자기여!
군중들이 어디선가 모여들어

나의 방울져 떨어지는 피를 홀짝홀짝 핥는 것이다
나의 하반신으로부터
여호와가 질주한다
너의 팔
청동의 팔뚝이여! 꿈틀거리는 팔뚝이여! 축 처진 팔뚝이여!
환상의 이국신(異國神)의 목덜미를 거머쥐고
아담의 갈비뼈 속에 처넣어버려라
나의 친구여!
한 무리의 황색 원숭이여!
송충이만도 못한 사지(四肢)를 오로지 접으려고만 한다
나의 친구여!
돌려줘야 할 빚을 계산하는 것이다
훔쳐냈어야 할 빚을 계산하는 것이다
나의 친구여! 나의 혈관 속에서 칼부림하는 소리를 들어라!
말라비틀어진 음표를 꼭 쥐고 잘 들어라!
선혈이 모든 뼈다귀를 깨끗이 씻는 소리를 들어라!
비닐봉투에 넣어진 정충(精蟲) 속에서조차 격전이다!
나의 친구여!
우리, 친구들이여!
따라오라
나는
부드러운 고기덩이 속에서 새로운 용기를 끄집어내 주겠다
부드러운 고기덩이 속에서 시원한 물을 끄집어내 주겠다
너희들에게 모조리 털어놓겠다
자

눈물의 바다를 한 차례 헤엄친다
철썩철썩 철썩철썩 마구 지껄여라
지껄이고, 깨부수며 걸어라 걸어!
뱅글뱅글 춤추며 달려라, 달려, 달려
우리의 구부러진 음표에 전류(電流)를!
전류다!
앙상하고, 구부러진 우리들의 음표
앙상하고, 구부러진 우리들의 음표
전류다!

---

* 예루살렘의 동방. 올리브산 서쪽의 산기슭에 있는 공원. 예수 그리스도가 유다가 이끄
는 유대인에게 체포되기 직전에 최후의 기도를 올린 곳으로 알려져 있다.
** eau de cologue, 오드콜로뉴, 향수가 섞인 화장수.

초원으로 가자

모든 것을 사랑함으로써 궤멸한다
하루하루의 전쟁 속에서
약동하려는 나의 바람은 간단하게 썩어버리지 않고
감정의 기둥을 따라 싹을 틔워
오늘의 우주의 기아를 슬퍼하며
다시 한 번 파멸을 품고 출범한다
날개가 돋친 젊은 성(性)의 진격
히나마쓰리*의 흥청거림
나의 거적 깃발은
오늘의 우주를 탄생시키는 통한의 봉화
죽은 망아지의 영혼처럼 세계를 질주하는가
세상은 장밋빛, 어찌하여
절망을 씨앗으로 세계를 흔들려 하는가
남근(男根)은 커다란 뱀처럼 시들어
진흙투성이가 되어
우물가를 뒹굴어
초록의 문 앞에서 우아하게 거절당해
주고 싶어도 줄 수 없는 비애
사랑과 증오가 육신의 깊숙한 저 바닥에서 공허하게 타올라
한쪽 길가에 있는 개가 평원을 달린다
하지만 나의 마음은 유리빛의 투명한 집념

유리창으로
거친 말과 혼령들
태양의 부호
하늘을 나는 작은 새들
손짓하여 불러보지만 날아오지 않는다
육체의 기둥은 아로새겨지지 않아 발가벗겨진 채로 일어선다
만물의 반신(半身)이여
잘못된 계산이 가득 찬 신선한 밤을 주오
광장으로
광장으로
히나마쓰리 같은 풀숲이 기적을 부르는 소리와 함께 펼쳐질 수
있을까
여근(女根)이여 여근(女根)이여
홍수가 두려워 어찌하여 초록의 문을 굳게 닫는 것인가
너의 한숨은 나에게는 황망의 칼날
오늘의 우주를 건립하는 제삿날의 멋진 옷
너의 증오는 사랑의 궁전에 거꾸로 펼쳐 있는 허리끈인 것이다
초원으로 가자
신경을 돋우게 하는 사마귀를 죽이러
오케스트라의 가성을 들으러 육신의 깊숙한 바다를 깨부수고
초원으로 가자
감정이여
너는 흑표범처럼 우아하다
어두운 대지의 수풀에 바보 같은 바람을 일으켜
히나마쓰리의 단상을 지나

뉴욕을 능멸하였다
그러나
너는 다 시들어 있다
고삐에 매달려
보잘것없는 낡은 방에서
시대의 저물어가는 석양에 내몰리고 있다
감정이여! 그런 꼴이다. 너는
초원으로 가자
광장으로
광장으로
미래는 고장난 회중시계. 그러므로
오늘의 우주를 창조하기 위해
커다란 사랑의 산병전(散兵戰)
금붕어도
투구벌레도
우리들도
초원 속에서 태어나자
모든 복숭아빛 마음은 갈기에서 불꽃을 뿜어내어 도처에서 열십
자로
찢기면서 만들어져 간다
초원으로 가자

＊3월 3일날 작은 인형과 떡, 감주, 복숭아꽃 등을 집에 장식하여 놓고 여자아이들의 행
복을 빌어주는 행사.

시부야에서 새벽까지

여름 어느 날
나는
시부야*에서
폴리네시아 전사의 노래를 들으면서
영혼을 쉬게 하고 있었다
오르페우스** 전설에도 이제 싫증이나
글쓰기는 모두 포기해 버렸다
나의 시계는 부드럽게 바뀌어 간다
중세의 성(城) 같은 여관이 보인다
아아
멋있는 징조다
이 절대온도에
유방을 가까이 대어주지 마라!
그녀에게도
분명히
나의 모습은 보이지 않을 것이다
무능하다!라는 목소리에
뒤돌아보지도 않고
호화스런 페르시아 고양이처럼 세계를 가라앉혀
자,
그녀와 키스하자

나는 동사(動詞)밖에 신용하지 않는다

얼마나

영혼의 불가사의한 팽창계수인가!

불가사의한 지하철의 통과

신문활자가 햇빛을 차단한다!

직업을 잃는다. 직업을 잃을 것이다

문득

졸고 있으니

느티나무 가로수가 활주로를 에워싼다

그리운 풍경들이 되살아난다

아아

거대한 요코다*** 기지여!

내가 자란 무사시노의 잡목림**** 모습과 아지랑이 이는 금속 활
주로가 얼마나 조화로운가

찬바람에 꿈을 맨발로 걸어보자

패커드, 포니악, 크라이슬러*****를

노래로 하여 외웠다

저 붉은 노을을 누가 잊을 것인가

운좋은 스트라이크와 같이

선명하게 다가왔다

미국 청년들에게 인사하자

내가 사랑한

저 병사들은

요즘은 베트남에서 싸우고 있는 걸까

성조기처럼 나란히 줄지어

앗,

나는 일본검을 쥐고 있다!

껌을 내뱉고

프레디와 함께 걸었던 모래사장의 풍경을 몹시 증오한다!

아아, 더 안아주오

부드럽고 커다란 유방의 둥근 선으로, 고딕체처럼 눈을 크게 뜨

지 않도록……

오로지 스베닐

오로지 스베닐

영혼에 언어의 압력이 가해져 온다

여름 시트에 맨몸으로

도시 전체가 번개가 되어 집중한다

당신은 집으로 돌아가시오!

시부야 호텔에서

나는

몹시 문란해져

세상 전체를 흔들기 시작한다

당신은 집으로 돌아가시오!

아아, 순수과학의 회복이다!

침대 난간에 매달려

망아지가 기하학적인 바람을 타고 달려온다!

아아, 심장의 문을 은색의 손이 두드린다

전신이 바다 같은 초록색이다!

당신은 돌아가라

커다란 시계는 멈추고, 공간이 크게 흔들려 기운다

태어나는 거야, 배를 저어라
일본의 사막에서 점성술이 탄생하는 것일까?
태극 마크가 창문으로 어지러이 들어온다
하늘에서 부는 태풍이다!
남근과 남근의 교차!
본 적도 없는 문장이 떠오른다
그림자 인간은 분열하여
화산으로!
화산으로!
오, 에트나 엔베도크레스여
돌돌 말려진 감각세계
무엇이 보이는가,
푸른 유성(遊星)
아니면 태아의 눈의 파멸인가!
길모퉁이를 돈다
행복이라는 문자
아름다운 방울을 울리는 폐품 회수의 그림자인가!
아아 영혼이 파멸된다
군침을 흘리는
개처럼
다만 이제 방치될 뿐이다
누군가가 부르고 있다
문짝을 심하게 두드리고 있다
영혼이 파멸의 신을 부르고 있는 걸까!
푸르고 푸른 조각의

천국과 지옥으로부터의 습격!
서 있을 수가 없다
언어의 다리가 유출되어 버린다
그러나
붓은 새파랗게 질려 그 위력을 잃어서는 안 된다
어젯밤
오늘밤
내일밤
붓은 새빨갛게 빛나며 진행한다
그것이
밤하늘을 낙하하는 유성의
붓자락의 운명이다!

태양 따위 문제가 되지 않는다
광기를 새기는 정신의 노동이, 다양한 기호의 암시를 받아 무너져 버렸을 뿐이다!
오오 영혼의 리얼리즘
엽전 세 개는 회계원에 반납해야겠다
국화꽃을 꿰뚫자!
바라는 게 뭔가?
좋다, 나를 능멸하는 것이 좋겠다!
B · G여
모험가여
끝없는 욕망의 영혼의 비열한 한 측면에
나의 육신을 불태워

제단에 올리는, 신비스런 한 소절을 새겨라!

음식을 준다는 것

뭔가

바람의 후손이 되어, 복숭아빛 다섯 손가락을 스스로 먹어가며 살아남아주마

아아, 법화자여!

분신자살이란, 태극에 존재하는 무지개의 현란한 동심원이다!

시간 되었습니다, 시간 되었습니다

꺼져라 매력 없어진 여자여!

나는 일본검을 쥐고 있다!

육체의 꽃병을 열어, 맨살의 모든 음순을 나는 스스로 연다

바다 저편에서

'루이지애나에서 겨우살이 나무가 우거져 있다'

라는 위대한 노랫소리가 들려온다

호텔에서도

꿈속에서도

세상 전체를 감정의 가장 예민한 곳에 집중시켜

심볼을 두드려라

벌써 아침이다

첫 전차가 움직이기 시작했다

그러나 아직

마치 오딧세이의 계단처럼 설명할 수 없는 열병이 내 목을 휘감고 미쳐 날뛰고 있다.

외계(外界)로 나간다

오로지 나 홀로

전신에 와이퍼를 달아 투시한다
저것은 인간인가
자동차다!
기계적인 냉기가 뺨을 스치고
이윽고
태양이 동쪽 하늘로 솟아오를 즈음
영혼의 열기는 식기 시작한다
폐인처럼
몰락한 귀족처럼
새로운 아침의 광기 속으로 모습을 지워간다
또각또각
하이힐 소리가 울리고
한 사람이 지나간다
아아
나는
조선인처럼 울고 싶다
되풀이해서는 안 된다
돌아라! 직각으로, 모질게 각오를 다지고

새로운 이미지의 사냥꾼
침묵의 가인(歌人)이여
바람이여
바람이여
어느 여름날
이것들은

시부야에서 실제로 일어난 일이었다

물가에서

시부야를
황금색 나뭇잎 배가 조용히 표류하고 있다
슬프다
물가다

여기에서 내가 노래하기 시작하면, 무시무시한 고음이 흩날린다!
물가, 여인의 아름다운 이름이기도 한 나기사* 물가, 그 멋있는
곡선을 상징으로
노래를 봉쇄한다
아름다운 것을 동경하는 힘을 부정한다
여기에 공백이 있고
도큐 빌딩 아래로부터 우뚝 솟는 단 일순간이다
시부야, 지옥일까, 천국일까, 나는 종잡을 수 없다
과거는 동결(凍結)!
미래는 공백(空白)!
그러나 나는 빛나는 구름의 표정에 영감을 받아 써나가기 시작
했다
길은 없다!
백지(白紙)
귀가 맴돈다
백지가 충돌한다

정면충돌하여, 둥실 떠오른, 모든 것을 쓴다
짐작이 가지 않는 모든 것을 쓴다, 우주?! 집이 아닐까, 또는 돼지!

물가!
영감을 산산이 파괴시켜주마!
비록
시부야라 하더라도
어디일지라도
또 그것이 지옥일지라도
길 없는 길의 신의 모습이라 하더라도
한 페이지에 써두었던 너무나도 간절히 원했던 찬가(讚歌)였다
하더라도
꽥— 질주하는 고대적인 오토바이라도
온몸의 귀를 잘라내고 땅을 기어가는 뱀이라 할지라도
늘 내 기억에 자리잡고 있는 잊어버린 물건들처럼 귀찮게 달라
붙어 오는
저 노령의 달이라 해도
고작 한 방울의 물로 이루어진 바다의, 바다와 같은 두 눈이라
할지라도
푸른색이든, 노란색이든, 연분홍색이라도, 연보랏빛이라도,
이제는 거짓말은 할 수 없다고 깨달은 정신의 어스름한 독방이
라 할지라도
거짓말을 하든, 하지 않든 간에 결국 이른 저녁 신음소리를 내며
육신에 파고들 것이다
이 악마 공간의, 불꽃이 타올라 동물을 묘사하는, 이 악마 공간의

문짝을 열어놓은 채로, 처절한 나체를 한 번쯤 기억해두는 것이 좋을 것이다

거대한 브레이크 소리와 함께 암석이 깨뜨려지면, 두리번거리며 한 사람이 나온다!

오오! 빠르게 분열한다 빠르게 분열하여 서둘러 만물은 순수성으로 향한다!

인간이 방해물이다!

인간이 영구차, 황금 자동차를 만들었다! 내부는 참으로 참신한 판자를 대어 만들었다

타올라라, 타올라라, 타올라라, 백지를 남겨놓고

여기는, 오로지 하나 남은, 슬픈, 물가다

여기서

간판이 무언가를 떠벌리며, 인간의 무서운 악의를 암시하고 있는 것을 본다

흘러가는 것은 아무것도 없다! 헤라클레스**는 미쳐 있다! 고대의 어리석음이다!

시부야야말로 최대의 골짜기이며, 죽음의 커다란 그림자가 날마다 던져지고 있는

무서운 골짜기이므로

시체가 겹겹이 쌓였으며, 혹은 불타오르는 듯한 스카프, 자동차에 덮쳐지고 있는

군중이므로,

도큐 빌딩을 카파네우스***는 계속 오르고 있는 것이다!

번개는 또다시 무서우리만큼 생기를 되찾아 감각의 핵심을 친다

나라면 감각체 제로의 둥근 공을 기아(飢餓)로 무장하겠지만, 내

33

부에 잠재된

큰 문어가 두렵다!

한 무리의 버스의 선명한 광기가 우르르 매일매일 달리고 있다, 두려운 죽음의

계곡으로부터

길을 넘어, 산악을 넘어, 피가 배어나오고 있는 아스팔트를 밟아가며, 도약하는 은빛 개의 영상을 따라 달린다, 고대의 용암이 흐르듯이

아아 인간, 불길한 생물, 누구라도 죽음을 재촉하는 조건은 더욱더 증가할 것이다

격렬하게 채찍질하고, 격렬하게 채찍질하고, 격렬하게 채찍질하여

그림자다, 언어의 그림자다

모든 그림자, 그림자를 응시하면 묘하게도 자연의 형태와 서로 닮아 있는 것은 왜일까. 왜일까 오싹하는 자동차 양쪽 눈의 번쩍임, 돌진보드의 촉감

그래, 지독하게 부패된 꽃의 중심에 우리의 생활이 놓여 있는 것이다.

그 중심에서 일순간 고열 용해되는 쾌감이 있고, 폭탄의 중심은 연보랏빛으로 느껴져,

눈을 살짝 감아본다

우리들은 핏속의 성감(性感)에 듬뿍 잠기어 전신을 진동시키고 있는 것인가!

산도 없고 바다도 없다, 형체가 없는 마귀의 등고선이 채찍처럼 눈앞에

나타나서는 사라진다

천국이여, 지옥이여, 천국이여, 지옥이여,

이 절규로는 소용없다, 마력이 빨아들인다!

오, 저쪽의 꽃집은 두렵다, 미쳐버릴 것 같은 자연이다!

멈춰라! 자유, 커다란 문어 같은 테러, 깊은 바다를 보았다, 바다
밑에서 어찌하여 목 매달은 나무를 찾아 걸어가는 걸까

아버지, 어머니, 계속되는 별, 별, 별

길에 귀가 없다

한 줄로 길게 누워버린 인류의 최후 대열에 착 달라붙어 있는 것
또한 자유다!

달려라!

아니, 빠르게 분열하여 빠르게 회전하는 거대한 자아의 맹렬한
회오리가 번개를 타고

기어오른다

어디라도, 지옥이라도, 천국이든, 시부야든,

불의에 감탄하여, 사랑하기 시작한 괴물과 같은 마음이 더욱더
무섭기만 하다

버스여, 오토바이여, 전차여, 열차여,

일어서라, 모든 동력, 에너지,

무서우리만치 높은 높이로, 일어서라

달려라

그래, 피타고라스****는 "나의 언어는 더욱 큰 바다로 나아가, 돛
대에 바람을 가득 담고 질주한다"고 말하지만, 작은 바다다!

오히려 물가, 얼어붙은 곡선을 대빙하를 나막신을 신고 질주한다!

언어를 채찍질하고, 꽃을 채찍질하고, 그림자를 채찍질하며

순백, 자유, 광기, 반항보다도 더욱 하얀 백치의 표정으로, 크게
웃어라, 크게 웃어라

퍽! 폭발하는 원자폭탄의, 팍! 하고 찢어지는 까까중 머리의, 주
르륵 미끄러지는 백치!

마(魔)의 공간을 열어라!

오, 큰 문어, 혹은 거대한 꽃, 혹은 미친병!

인간의 얼굴을 벽에 묻는다! 공간이 닫힌다

그래

물가가 닫힌다

태양이 움츠러든다

칫솔이 튀어나온다!

물가가 또 닫힌다

슬픔, 골수

이제

청과 백이 충돌하는 물가를 봉쇄하라

바늘구멍 저편의 악마의 하늘이여

더욱이 나는 너를 끌어안듯이 하고 뒤쪽으로 크게 오른손을 뻗
어 계속 글을 쓰겠지만

또

시부야를 지나

두렵고 두려운 시부야를 지나, 시부야를 지나,

갑자기

여름의

큰 길가에 서 있는 것이었다

한줄기 논두렁 길도 아닐 테고, 또 무언가의 폭음, 붉은 셔츠를

입은 농부녀석!

질주시편(疾走詩篇)

나의 눈은 천 개의 검은 점으로 파열되어버려라

고대의 조각가여

오로지 자유롭게 떠다니기를 열망하는 영혼, 이 소리의 근원을
보증해라

나의 우주는 명령형으로 무장했다

이 내면에서 솟아오르는 소리여

바위를 쪼개는 기도처럼

무리하게 광기를 증발시킨다

유일무이한 추진력을 신의 존재 없이 보증하라

그릇은 꽃의 군중들의

그 가장 축축한 부분을 사랑하도록 하자

아아

눈이란 것은 원래 수백억의 눈으로 갈라져 구성되어 있었는데도

거기에 각각의 견해가 있어

반수에는 어둠이 무성하고, 반수에는 음부가 무성하고, 또 반수
에는 바다가 무성하고, 또 반수에는 죽음이 무성하여, 모든 문에
폐허의 광경이 암시되었고, 모든 눈이 한꺼번에 외치기 시작하는
한순간을 우리는 망각했었다

왜!

그런 까닭에 시편(詩篇)의 행과 행 사이에 피가 점선을 그으며
떨어지고 있다

이 밤

아아

거울에 비치는 맨얼굴에 황금 칼이 다가온다

성기도 찢어라, 두뇌도 쪼개라

밤도 갈라라

맨얼굴도 찢어버려라

황금 칼도 쪼개버려라

이 노래도 파열 항해선, 바다라는 큰 그릇도 없다

문명도 찢어버려라

문명은 지옥의 인쇄소처럼 차례차례로 어둠의 최후의 카드를 인쇄하지만, 그것은 태양의 단편이었고, 독사가 사는 우물이었으며, 호랑이의 질주였으며, 자연의 비린내나는 냄새를 따라 권세를 떨치고 있는 것을 나는 알고 있다.

수구렁이가 달을 휘감는, 바야흐로 허공!

빛도 쪼개버려라 갈라져라!

빛, 그림자 인간의 환상에 관한 마술적 예언에도, 그 중심에 빛에 대항하는

깊은 광적인 예측이 발견된다

아아

나의 눈은 천 개의 검은 점으로 파열되어버려라

나의 눈은 천 개의 성기로 찢겨져 떠돌아다녀라

동그라미 안에서 고기를 먹는 영혼

이때

출구를 잃고 세상이 썩기 시작한다

눈의 회전

꿈의 추락
또다시
눈의 회전

아침이다!
달려라
창가를 따라 달리면
이 계단 아래에 조수가 밀려오고 있다
바위를 쪼개는 폭포
그림자를 가르는 도—쿄
정신없이 달린다
달린다! 비명(悲鳴)으로 이어지는 그림
이 지옥
신주쿠(新宿)*에서 간다(神田)**로
나는 정확하게 고백하건만
이 원고지도 바깥 공기에 닿으면 금세 타올라버린다
'파란 용기'에 벚꽃이 흩날리는 시모 기타자와***의
조개류의 윤리가 머리 위를 통과한다
'바다의 단편'이 나를 잡아당긴다, 목에 밧줄을 매고
나의 젖은 원죄가 커피잔의 모서리에서 불타오른다
달의 내부를 배회하는 그 속도가 고통스럽다
아아
금색구장(金色球場)을 넘어간다
화폐가 중심을 깨뜨리고 얼굴을 내밀면 부적(符籍)의 바람이 거
세다

달린다

언어는 나를 남겨두고 가버린다

물고늘어진 채 증발하는 악어가 이른 아침의 이미지다

지금 동북 여행에서 돌아와

어둠을 누비고

아침이 되었다

시모 기타자와의 불그릇 계단을 내려온다

달린다

바라보이는 하얀 병의 숲을 질주한다

왼손에 조각칼 세 개, 몹시 빛나는 하나를 자살용으로 의지한다

아아

언어주머니는 저절로 찢기어

통행인들을 놀래킨다

참으로

신의 옥쇄는, 나는 새의

여신의 소변을 나는 망연히 바라본, 거룩한 신주쿠의 신식 미로

에서

문득

눈물지으며 장안(長安)****을 생각한다

당나라 시를 읊조린다

산호 채찍을 사용하지 않으면, 백마는 거만하여 가지 않는다

늘어진 버드나무를 꺾어, 봄날 길가에서 피어나는 정분(情分)

그것이 황금 변기에 인생의 대부분을 토사하는 장대한 스크린

달린다!

경험이나 감수 때문이 아니라

또한

멜슈토레엠의 소용돌이에 휩싸이기 위해서가 아니라

곡사포의 포탄에 맞아 죽는

그런 소망을 교정하자! 별의 징표에

달린다

비명(悲鳴)으로 이어지는 그림

그림자 가르는 이 도—쿄

정신을 가른다

바위를 쪼갠다

달린다

푸르름의 파멸

　오오, 광기는 영원히 쉬지 않고 달리고, 문명에 떠밀리어 웃으면서, 또한 울면서

　푸르름의 파멸

　본능적인 둔부는 단지 외설

　영화관은 고대의 고요함을 보존한다

　어느덧

　내가 탄 상상의 말은

　상상도 말도 찢기어 따로따로 달리고 있다

　타올라라! 분열 마술 질주율

　타올라라! 쾌락 광기 소녀의 입술

　타올라라! 태양을 떠도는 열악한 막대기!

　신이여, 타올라라, 눈앞에 피부 가솔린

　그러나 웬일인지 설명할 수 없는 추진력이 배후에 있어

　이 질주(도주?)

길모퉁이에서 일기장을 펼치면

다음과 같은 1장

'비의 부정(否定), 바람의 부정, 아침의 부정, 보는 부정, 쓰는 부정, 살아가는 부정, 철학의 부정, 자살의 부정, 신비의 부정, 우주 율동의 부정, 음악의 극점에 깃든 푸른 의상을 걸친 아름다운 소녀의 부정, 사고(思考)와 행동의 완벽한 일치를 열망하는 영혼의, 의지의, 생활의, 생성의, 절대의, 마술의……'

부정(否定)의 괄호가 흔적도 없이 사라져

갑자기, 부정의 거울 표면으로, 물가에 밀려드는 파도처럼 되풀이된다, 나의 얼굴

그녀의 꽃무늬 스커트가 넓적다리에 휘감긴다

길모퉁이에서

정분 통한 제논*****의 화살을 앞질러버렸네

아아

일기도 버려버리자

아아

지옥의 인쇄소에서는 종말(終末)은 인쇄된 뭐랄까, 종전(終電) 정도

어찌하여

이 생명의 급상승

길모퉁이의 한순간의 붕괴

나, 노래, 공중에 떠오른다

또 뒤돌아본다

날아온 언어는 환상의 물방울, 여기 간다(神田)에서 2분, 마치 길 잃은 새가 날아들어온 초록의 납골당 같은 것이다. 여기는

나는 어떻게 믿으면 좋을까
잘못이라는 잘못은 온통 나에게 쏟아져
아아, 눈뿐만 아니라 귀도 팔도 자유도
바벨탑도, 야쿠시지******의 절탑도
이 도시도
그것이 피하기 어려운 운명인 것이다
의심할 것 없는 하나의 광기 시편이 우리들을 덮치고 있다
중앙아시아를 혼자서 여행하고 싶다
그런 꿈도 홀연히 사라지고
언어의 끄트머리에서 물결치기 시작하여, 흔들리는 육체의 중심
이 상처가 벌어지듯이,
　통한을 담고 시선을 되돌린다
　운명은 영원한 광기로의 문을 연다
　여기는 밝다!
　길모퉁이 또는
　틀에 벗어난 한 편의 로맨스
　정분 나서 도망가는, 빨강·떠돌이
　혼이 달린다
　아아
　그림자 달리는 영혼, 이 도―쿄
　지하철은 이 발랄한 봄, 나무껍질에서 장딴지를 드러낸다

　이
　우리들에게 있어 운명적인
　변신 이야기를 이미지로 바꿀 필요는 없다

오오
이름조차 붙여질 수 없는 것
보이지 않는 것

그림자, 우리들을
화성의 흰 반점과 같이 하얗게 에워싼
길모퉁이 저편에
안개에 갇혀 있지만
어쩌면
얼굴! 느낌이
아——

푸른 모놀로그
귀신같은 조잡극은 끝났다
귀로에 오른 나의 가슴속에
숭고함이 조용히 회복되어 간다
도시여
너는 너의 비밀을 지켜야만 한다
여기 이 자리에
또다시
태양은 부활해서는 안 된다
여기에 기록했다
비명(悲鳴)의 그림은 머지않아 스스로 타오를 것이다
모든 것을 사랑하여
또한 천 개의 흑점으로 찢기어

＊新宿 : 동경의 23개 구 중의 하나. 교통의 중심지.

＊＊神田 : 동경의 치요다쿠(千代田區) 동북부에 있는 지명으로, 서점가로 유명하다.

＊＊＊下北澤 : 동경도의 한 지역으로 젊은 세대를 위한 패션과 음식점 등으로 붐비는 거리로서, 오다큐센 급행을 타면 신주쿠까지 7분, 이노가시라센 급행으로는 시부야까지 4분 걸린다.

＊＊＊＊중국 섬서성(陝西城) 서안시(西安市)의 옛이름. 한(漢)나라에서 당(唐)나라에 이르기까지 약 1,000여년 동안 단속적이었으나 국도(國都)로 번영한 역사적 도시로. 가장 번영했던 당대(唐代)에는 동서 9.5km, 남북 8.5km의 규모에 인구 100만이 넘는 계획적인 대성곽 도시를 이루어 멀리 서방에도 그 이름이 알려졌다.

＊＊＊＊＊Zenon ho Elen : 고대 그리이스의 철학자로서, 그의 '아킬레스와 거북이'의 비유, '날아가는 화살은 움직이지 않는다'의 비유는 유명하여 변증법의 창시자로 불린다.

＊＊＊＊＊＊藥師寺 : 도치기현(栃木縣)에 있는 절. 40대 텐무천황(天武天皇)의 창건으로 전해지고 있다.

2부

내리는 것

혹은 오르려는 욕망

원(援)

엄마 같은 그림자가 아이에게
"새끼줄을 묶어두는 거예요.
달로 되돌아가지 않도록" 하고
말을 걸고 있다

늑대가 하는 소리
"뿌연 서리를 맘껏 갖고 놀게 하자. 하얗게.
가로 걸친 나무 울타리는 지하에 풀어놓도록 하고 말이야"

나무가 있으면 나무, 둥근 바위 옆을 마구 뛰어다니고 있었니?
아름다운 이름의 꼬리는 아직 계곡에 보이는구나

탈것들
요람을 기울여, 중앙고속도로, 떡잎이 S.A에
닿았을 때
등나무가 속삭이는 소리, 아련하게 들려온 것은 누이 산의 소리다.

"슬로프에 새끼줄을 매어두는 거예요"

돌은 몇 개지?

"여덟 개"

알록달록한 천

(알록달록한 천의) 희미한 냄새
광주리 속에 잊어버렸던
양말들

둥근 창의 건조기. 다섯, 여섯 대의 세탁기
  (어디에서 온 걸까?)
동전이 들어가면
방 한구석에 힘찬 물줄기가 뿜어진다
  (어디에서 들어온 걸까?)

(알록달록한 천)

나뭇잎을 씹는 아수라에 이끌려

고개를
한쪽으로 기울이고,

무릎을
꿇고,

참나무의 것
　　　(을 감쌌던, 낡은 신문을)

잎파리살
　　　(을 감쌌던, 낡은 신문을)

꿀벌들은 길 위의 작은 산들을 만들어 간다. 나비들을
　　　(을 감쌌던, 낡은 신문을)

속삭이는 소리,를 쫓고 있는 유성, 의 아침이다
　　　(을 감쌌던, 낡은 신문을)

우주, 붉은 벽에, 원숭이!
　　　(을 감쌌던, 낡은 신문을)

나뭇잎을 씹는 아수라에 이끌려 산으로 갔다

심장 밑의 벼랑, 그것은 깊고, 깊은, 탑이다
        (을 감쌌던, 낡은 신문을)

        고개를
        한쪽으로 기울이고,

        무릎을
        꿇고,

나뭇잎을 씹는 아수라에 이끌려 산으로 갔다

제한구역에서 자력이 미력한 유성은 멀어져 갔다
        (을 감쌌던, 낡은 신문을)

저녁노을을 태양을 따라 되돌려놓았다
        (을 감쌌던, 낡은 신문을)
가지런히 놓여진 둥근 돌 중의 하나,를 넓적다리는
        (을 감쌌던, 낡은 신문을)

토끼의 눈, 다람쥐 꼬리, 신(神)은 즐기고
        (을 감쌌던, 낡은 신문을)

골짜기의 푸르름

(을 감쌌던, 낡은 신문을)

싱그런 푸른 잎, 병든 잎사귀에 아련하게 비추는 손 떨림
    (을 감쌌던, 낡은 신문을)

철없는 아이, 철든 아이 함께 바위 끝에 앉아서 기도하는구나
    (을 감쌌던, 낡은 신문을)

서로의 이야기에 정신 팔린 아가씨들
    (을 감쌌던, 낡은 신문을)

그 무릎으로 다른 아이를 때리는구나
    (을 감쌌던, 낡은 신문을)

    고개를
    한쪽으로 기울이고,

    무릎을
    꿇고,

꿈,
    속에서
        아래로 아래로 계속 걸어가고 있었다.

    고개를

한쪽으로 기울이고,

무릎을
꿇고,

나뭇잎을 씹는 아수라에 이끌려서

나뭇잎을 씹는 아수라에 이끌려서

고개를
한쪽으로 기울이고,

무릎을
꿇고,

세타가야의 수풀 무성한 곳으로

세타가야(世田谷)*의 어두운 계곡 속에 자그마한 언덕,

여신의 무덤 같은 둔덕이 있고, 또 작은 둔덕이 있고, 세타가야의 수풀 무성한 곳으로 밤이 되면, 나는, 걸어가곤 했다.

산뜻한 모습. 가녀리게 늘어선 떡갈나무들은 겨울이 되어 새로운 서적의 등어리를 희미하게 하고 늘어서 있다. 산촌······ 산······

좌초된 목조모선(木造母船)의 고동이 울렸다.

조개류와 수초들이 다가와 저마다 외친다. "이상하다! 들어오면 안 돼! 이상하다! 들어오면 안 돼!"

숨통이 끊어져 버린 뱃사공도 제각각 외쳤다. "이상하다! 들어오면 안 돼! 이상하다! 들어오면 안 돼!"

산뜻한 모습. 좁디좁게 늘어선 산촌, 산. 그곳은 모퉁이가 아니다. 간이역이 아니다 그곳의 방 하나에 모델들과 여배우들이, 몇 명인가 와서, 머리를 틀어올린다.

머리 쪽진 부인? 시모 기타자와에는 영화 관계자들, 극단 사람들이 많이 계신다. 머리쪽진 부인?

이 머리빗을 좀더 깊숙이 넣어주세요. (이것은 뒤쪽에 희미하게 가늘게 서 있는 세타가야의 나무들의, 소리) 이 빗을 좀더, 깊숙하게 넣어라.

아와시마**의, 수풀우거진 섬에 겨우 도착했을 때, 나는 신의 비밀을 훔쳐본다. 새로운 모델, 여배우의 산실인 바닷바람의 섬이다. 구릿빛이 되어 떠내려 온 섬이다. 아직 살아 있다.

영화 속, 길게 둘러쳐진 울타리 속의 건널목 저쪽까지 가보고 싶다,고, 전봇대들이 서로 이야기하고 있다. 나무숲 사이에는 끊어져버린 숨소리도 있고 눈에 덮힌 향나무도 있다.

하얀 눈은 마음의 씨앗이야. (아주 적은 양의 피밖에, 흘린 적 없는, 이것은 토끼의 소리이다)

세타가야의 어둠 저 깊은 곳에 여신의 무덤이 있고, 세타가야의 수풀 무성한 곳으로, 깊은 밤이 되면 나는, 걸어가곤 했던 것이다.

터벅터벅

터벅터벅

* 世田谷 : 동경의 23객 구중의 하나. 무사시노(武藏野) 주변에 있으며, 남서쪽은 다마가와(多摩川)를 거쳐, 가나가와현(神奈川縣)에 접해 있다. 동경 농업대학 등의 학교도 많으며, 고급주택가이다.
** 淡島 : 시즈오카현(靜岡縣) 시미즈시(清水市)에 있는 섬. 『고사기(古事記)』에 기록되어 있는 일본 신화에서 이자나기, 이자나미 부부신이 국토를 탄생시켰을 때, 히로코 다음에 태어난 섬으로 알려져 있다.

무사시노 방에서

철의 금지구역, 나무의 출산.

　　　「하얀색의 문!」
　　— 우리, 방으로 들어가는 놈들이 아니다. 우리는 방에서
　　나온 놈이다 —
　　— 우리, 벗겨져 나간 흰 페인트의 한 페이지를 읽는 수목
　　이 생성하는 아침 —
　　녹슬어버린, 아시아의 가장 어두운 지역에 꼭 갇혀버린
　　　　　붉은 빛깔의 소리배, 어두운 섬의 개들이여!

대기 중에, 젊은 계수나무!

쇳덩이, 벙어리 왕!

예감과 재나무

"밝은 방은 있습니까?"
"밝은 방은 있습니까?"

해질녘
포크레인은 떠났다

남겨진 예전의 집, 흩뿌려진 물줄기에 목소리가 어리어 있었다
작은 소리와 작은 소리, 가녀린 뿌리처럼 소리는 서로 뒤엉켜
뻐꾸기와 뻐꾸기로, 나무 위 생활의 경치가 눈에 들어왔다
아득히 물위의 고리를 쫓아 헤엄쳐간, 고래는 잔뼈뿐이다

미츠비시* 마크, 우뚝 솟은 교회를 닮았고, 토목기계는 회관을, 파괴시켰다
벼랑. 딸기라고
가느다란 소리에 정신이 퍼뜩 들자, 마을 초등학교(미션스쿨)의 하이지마 섬** 정원에 살고 있는 뱀. 그 뱀의 소리
따스한 햇살이 비치는 어느 날 오후, 나는 낡은 아파트의 해체공사를, 나무로 된 문에 양팔을 괴고 바라보고 있었다.

삽이라고 부르는 걸까, 그 토목기기가 (저소음형, 미츠비시, 라고 적혀 있어서 그런지 역시나 조용하다) 새가 둥지를 틀 나뭇가지

나 나뭇잎을 입에 물고 가슴을 내밀듯이, (그 정도로 오래된 다다미라고 할 것은 못 된다) 다다미를 다섯, 여섯 장 집어 하늘로 올리고 있었다. 이층 건물, 20개 정도 이상의 방은 있을 것이다. 해체되어 있는 것은 커다란 목조 아파트.

작은 먼지가 일어나는 것을 막는 살수호스가 봄날의 물 쇼를 보는 듯하다.

삽이 첨탑처럼 솟아 있고, 그것을 따라 시야는 상공으로 오르고,

저 깊숙이 이층의 하얀 벽이 나타났다. 그때, 나는, 위로 피어오르는 희미한 소리를 듣고 있었다.

벼랑, 딸기

가느다란 소리에 정신이 퍼뜩 들자, 마을 초등학교(미션스쿨) 하이지마 섬 정원에서 살고 있는 뱀, 그 뱀의 소리

커다란 목조 아파트는 이틀 만에 무너졌다. 삽은 울타리 안에 어린 나무처럼 서 있고, 한 번 휘두르자 이층의 방 한 개가 그대로 무너진다. 낡은 집의 해체공사를 보고 '뱀의 소리'를 듣는 것은 환청이 아니다.

마을 초등학교(미션스쿨)가 하이지마 섬이라는 곳에 있어, 초등학생인 '나'는 그 정원에서 '뱀'을 쫓고 있다. 세례의식을 받았다.

포대, 신문지, 울타리는 언제 철거된 걸까. 조금 차가워져서 바람이 불고 있었다.

미츠비시 마크. 우뚝 솟은 교회를 닮았고, 토목기계는 회관을 파

괴시켰다
  벼랑, 딸기라고
  가느다란 소리에 정신이 드니, 하이지마 섬 정원의 뱀, 그 뱀의
소리
  부드럽다

  하이지마 섬의 뱀이여, 하이시바, 하이싯바, 하이라이소***여!
  하이지마 섬의 뱀이여, 하이시바, 하이싯바, 하이라이소여!

  벼랑, 딸기, 벼랑, 딸기
  피는 타마 강에 흐르고, '나'는 그 피를 마신 사람이다
  하구는 틈이 갈라지고, 몇 줄기인가, 그 피와 가운데 손가락을
지하에 넣는다

  해질녘, 조용해지고 공사는 끝났다
  나가보니 삽은 젖은 목을 늘어뜨리고,
  옆에는 어미 같은 큰 것이 하룻밤을 잔다

  시간의 뿌리를 조용히 적시고
  푸른 집의 나무 의자를 조용히 적시며
  유괴범의 머리를 보는 놈
  좋아! 그 집으로 가겠다.

  시간의 뿌리를 조용히 적시고
  '뱀의 소리', 하얀 살을 먹는다

뻐꾸기와 뻐꾸기, 동굴생활의 햇살이 비쳐와
좋아! 그 집으로 가겠다
그 집으로 가겠다

말에 현혹되어, 한밤중에 나는 밖으로 나갔다. 이젠 더 이상 몽유
병자도, 이리저리 헤매고 다니는 정신이라고 말할 것도 없다

부드러운 조개, 하얀 돛의 기억
"이 유성도 나쁘지는 않다"

낮은 자취를 감추었다. 재나무가, 저기, 나무 그늘에서 울고 있다

　　　　다음날
　　　　흐린 날

좋아
그 집으로 가겠다

* 三菱 : 미쓰이(三井), 쓰미토모(住友)와 함께 일본 3대 재벌중의 하나이다. 에도시대
　　에 창립되어 메이지시대 이후, 정부의 보호 아래 해운업으로 크게 발전. 이어 미쓰비시
　　합자회사를 두고 해운, 조선, 광산, 철도, 은행, 무역 및 군수산업 등 모든 분야에 진출.
　　제2차 세계대전 이후, 재벌해체령에 의해 해체되었으나, 미쓰비시 은행의 융자 계열을
　　중심으로 하는 기업집단으로 재생했다.
** 拜島 : 동경도(東京都) 오오메시(靑梅市)에 있는 지명.
*** 도쿄 교외의 아파트가 해체되어 가는 모습에 빗대어 인간의 문화 · 문명이 붕괴되
　　어가는 모습을, 시인은 언어 변화의 반복으로 표현하는 것이 아닐까 생각된다.

로스앤젤레스

종이 울리기 시작하고 바람이 불었다.

로스앤젤레스에 왔었다. 로스앤젤레스 교회에 들어갔다. 달리 갈 곳이 없었으므로. 죽마를 타고 왔더라면 좋았을걸? 냉장고가 방해했다며?

가는 몸이 합장을 한다, 눈이 조금 내리고 있었다.

교회의 정원을 가랑잎은 떼구루루 걷고 있었다. 스페인어? 친구? 두 명, 세 명 가족, 많은 가족 중의 한 사람인 나는 교회에, 왔다.

누구? 화가? 거기에서 스케치를 하고 있는 것은, 누구? 가랑잎이 구르는 소리와, 스페인어가 섞이어 아름답다.

(신이 나무 그늘에 있고, 그의[그녀의] 마음이 투영되는 묘한 날.)

어딘가에서 그것을 이해하고 알고 있다, 생각하는 것이 우주를 지탱하고 있으면, 신은 나무 그늘 옆에 서서 알고 있었다.

목련은 나란히 서서 속삭이고, 한 사람은 목련 향기에서 멀어져 갔다.

가랑잎이 구르는 소리와 스페인어가 섞이어 아름답다.

　'암소가 운다
　수소가 운다

　　소가 운다'

　시나가와 하루씨, 어제 도―쿄를 출발하는 날에 읽고 있던 당신
의 시집이 참 좋다.
　(신이 나무 그늘에 있고, 그의〔그녀의〕 마음이 투영되는 묘한 날.)

　청바지를 입은 젊은이 서너 명이 아름다운 벽, 제단에 모습을 나
타내고 흔들리고 있었다.

　종이 울리기 시작했다, 바람이 불었다.

　'암소가 운다
　수소가 운다

　　소가 운다'

　　　　　　　　　　　　　　　　　　(시편/시나가와 하루씨)

　로스앤젤레스 교회 정원의 벤치에 앉아, 전봇대 그늘 아래 살고
있는 것은 나. (누구 목소리?) 누구의 말? 침묵하는, 아름다운 밤가

게 바라보고 있다. 살고 있는 곳은, 주차장 옆의, 이층 목조 건물의, 집안의, 서너 살의 여자아이?

가는 몸이 합장한다. 눈이 조금 내리고 있었다.

나는 뜰 안을 더듬어, 제단(화단?)까지 걸어 나무 뿌리에 다다르는 것인가?
십자가를, 몸에 새길까? 하늘에 새길까? 어쩔 도리가 없네. 나는 무릎을 나무에 붙이고, 그림의 표상을 바라보고 있었다.

메아리 울림을 조용히 듣고 있었다
          (무릎을 꿇고?)

가랑잎이 흩날리는 것에 이어, 어린이들의 목소리가 들려오는, 발소리가, 사라졌다.
지금쯤, 초콜릿빛 전차는 덜 익은 푸른 매실을 싣고, 달리고 있을까?

언덕의 무성한 숲——10에서 0까지 수를 세며 그곳까지 갔던 날.
새끼 물고기 아홉 마리? 마음 저 구석까지 완전히 투영시키지 못한다.

아, 미치고 싶다. 미치고 싶다.
목련은 나란히 줄지어 속삭이고, 한 사람은 목련 향기에서 멀어져 갔다.

지금 그 거목이 멀어져 간다. 말을 잃는다.

마른나무가 합장한다, 눈이 조금씩, 내리고 있었다

목련은
속삭이고
목련
향기에서
멀어져 갔다
라디오
땅거미 지는 아래서
새끼 물고기 아홉 마리가 새로운 팀을 만들어 놀고 있다

목련
향기에서
멀어져 갔다
라디오
땅거미 지는 아래서
새끼 물고기 아홉 마리가 새로운 팀을 만들어 놀고 있다
목련
향기에서
멀어져 갔다

울림을 조용히 듣고 있었다.

한결같이 스케치를 하고 있던 L · L의 모습이, 전봇대 그늘에 나타났다, 누구?

아무도 아니야.

포사이클, 하사이클

받아들이지도 않고, 들어가서도 안 되는 문을 가랑잎이 뒹구는 소리에 이끌려 들어갔다.

포사이클, 하사이클

울림이 좋다.

브에나노— 체

브에나노— 체

학교에 들어가 교회를 찾았다. 동그라미를 만들고 꽃을 찾았다.

나무상자 구석의 복숭아 냄새.

아름다운 복숭아가 맛있게 익어가고 있었다.

나무 그늘, 버스 정류장, 몇 사람인가의 그림자.

버스도 와서는 나무 그늘로 사라진다.

누굴까?

(라파엘로?)

브에나노— 체.

종이 울리기 시작했다, 바람이 불었다.

황금 마을, 로스앤젤레스,

크와토르 세이스?
아마리 오스다

'암소가 운다
수소가 운다

소가 운다'

울어라

아오모리(靑森)*
로스앤젤레스다

---

* 靑森 : 일본 혼슈(本州)의 가장 북쪽에 위치한 아오모리현(靑森縣)의 중앙부에 있는
현청소재지.

목포 — 사실은 목포까지 걸어가고 싶었다

바람 한 점 없는데
'갓난아기 머리맡의 달콤한 차임벨 같은 소리'가 나서
바람도 없는데, 나는 눈을 뜨고 있었다
해변도로의…… (그런가……)
제주도 호텔(오리엔탈)도, 나도,
　　　잠에서 깨어
　　　　　　있었을지도
　　　　　　　　　모른다………
　　시(詩)가 깨어 있지 않았더라면
　　　　　　나 또한 눈을 뜨고 있지
　　　　　　　　　않았을지도 모른다

그것은 마음의 하늘가에 남겨진 기적적인 것
　둥근 초가지붕이 나지막하여 앙증맞은 허름한 "댁에는 전기가
들어옵니까……"라고
　물어보는, 내 목소리의
　그것은 이미 '대답'이었을지도 모른다
　　　시가 깨어 있지 않았더라면
　　　　　　나 또한
　　　　　　　　　눈을 뜨고 있지
　　　　　　　　　　　않았다.

'말발굽'과 '말의 콧잔등!' 그런 냄새는 온몸이 '덜덜……'
　　　　내 꿈의

하늘에는 없는 것들이었지만
내 마음속 하늘에서
그것을 훔쳐내는 일은
　　　　어렵지 않다……. '훔치는' 것이
　　　　　　가능하다……. '훔쳐내는' 것이
　　　　　　　가능하다. '훔치는' 것,
　　　　　　　　　'도둑질' '해내는' 것……

'플라스틱의 달콤한 차임벨'이
「한글이란 요정」의 짜임새 아득하고 고요한 가운데 울고 있었다.
　　　　"송나라체(宋朝體)?"……
이제 끊어져 버려
　　　　　　　　　　　들리지 않았지만
　　　　　　이 '끊어진 길'을 더듬어 가지 않으면
　　　　　　　이 길을 찾아 헤매가지 않으면
　　　　　　　　나는 살아갈 수 없을 것 같다.

'끊어져 있는 음악'을 듣고 싶다
'길'이 그 '음악'이었을지도 모른다

'제주도'가 그 '음악'이었을지도 모른다

제주도 민속 자연사 박물관에서 본
"윷놀이 / ユッ遊び / Playing Yut"이란
도대체 무엇일까.
영어의 'Yu', 일본어의 'ユ' 고요함은……

그것은 바로 신비한 '글자놀이'가 아니었을까
평온한 파도 물결에 자그마한 짐승뼈를 집어던져 길조(吉兆)를
점치고 있는 남자들
아니, 물끄러미 잔잔한 바다를 조용히 지켜보고 있는 남자들 눈
동자의
시원함에 이끌려 내 마음도 떼구루루 굴러버린다……
호흡 소리가 들려오고 있었다
나리타(成田)에서 구입한 『블루 가이드, 홀로 여행, 이것으로 충
분, 한국어회화』(1200엔)에서 한마디 외운 "실례합니다"를 즐기고
있었다.

뉴스가 시시하다……. 예전 뉴스를 볼 수 없을까……
"다람쥐가 한 마리 남아, 내 마음을 헤아려준다……"
그런 것은 이제 없어도 좋다
그런 것은 이제 없어도 좋다

"윷놀이, 윷놀이, Yu, 놀이……"
「한글이란 요정」과의 회화는, 벌써 눈 깜짝할 사이에 해치웠다,
고 나는 느끼고 있었다
그렇기 때문에 좀더

어려운 한글도 알고 싶었지만
종업원 아가씨에게 들을 기회를 놓치고 말았다

차임벨이 울리고 있었다
고개를 숙이고 걸어가고 있는 것도 아닌데
중얼거리고 있었다 ―"우도는 어디입니까"라고
Ile of Ski ― (돌담이 비슷해서) 독일 시인이 문득
                    혼자 중얼거린 것처럼
                        느껴졌다

해녀와의 만남이 있었던 해변은 환영(幻影)이었다
두세 살 적의 기억…… (1941, 42년이었다)
도―쿄의 아사카야 거리를
        달리고
            있던
                죽은 사람들
(서너 명의……)

그곳도 역시 생선가게 앞이었을지 모른다……
    고약한 냄새의 낡은 저택과 아련한 냄새의 낡은 저택 두 채가 나
란히 내 안에 있다
    젖은 옷의 해녀가 '입구로 가는 오솔길'을 올라가고 있었다

서두르지도 않고, 느리지도 않게.
    해녀들이, 입구로 가는 오솔길을 지나가고 있었다

본 적은 없지만, 배를 따라와

배 주위에서 논다고 하는 '돌고래'와 그 모습은 닮아 있었다

낡은 저택이 두 채, 바다 밑에도 나란히 서 있고,

자욱한 것과 아련한 것. 그런 냄새가 나는 '입구로 가는 오솔길'에

해녀들은 들어갔을지도 모른다

나는 마음이 고요해졌다

해변에 '바다 밑의 인상'을 남기는, 수북이 쌓인 작은 돌멩이들의

여러 가지……

해변에 '바다 밑의 인상'을 남기는, 수북이 쌓인 여러 가지의 작

은 돌멩이들……

이 '고요함'은

"무엇이었을까?"

　　　"통나무배여!

　　　　　(대마도에서 만났던……)

　　　　　통나무배여!"

　　　　　　　나는

　　　　　　　마침내

　　　　　　　　　　그

"통나무배,……," 심장을 위아래로 판판하게 했다.

사실은 목포까지도 걸어가고 싶었다!

깊은 가을밤, 벌레소리를 들으면서 나는 생각하고 있었다.

땅거미가 내려앉을 무렵, 그토록 떠들어대던 작은 새들이 잠들어 고요한 것이 이상스럽다. 새들이 잠들어버린 사이에 우리들도

솜털 가득한 아름다운 금빛 그림자의 유령이라면

조용히 하자

황금빛 닭이 있는 고풍스런 길 위의 초라한 플라타너스……

사람에게는 환상의 길을 더듬어가는 힘이 있기에, 동물들은 사람들에게 길을 열어둔 것이 아닐까……

저 '작은 새들'은 어디로 간 걸까?

꼬리가 아름다운 학의 자태를 흉내낸 아이누족*의 노파 모습은…….

나의 주둥아리도 조금 더러워져 있다.

현재의 우아한 마음과 과거의 고풍스런 마음이, 찢어져, 날아다닌다, 두 개가 되어……

목포!

사실은 목포까지도 걸어가고 싶었다!

*현재 일본 홋카이도와 사할린에 사는 한 종족. 인종학상으로는 유럽인종의 한 분파에 속하며, 몽고 인종의 피가 섞여 있다. 언어는 형태학상 포합어(抱合語)에 속한다. 눈이 우묵하고 광대뼈가 나왔으며, 몸에 털이 많으며 성격은 온화하다. 일본인과의 혼혈로 본래의 인종적 특징이 없어져 가고 있으며, 문화적으로도 고유의 것을 거의 잃어가고 있다.

봄의 하리미즈우타키(漲水御嶽)*

강은 더 이상 강과 만나는 일이 없어도 된다……
동판화는 동판화의 (우거진 숲……) 아래
거울을 엿보는 표범은 영원한 얼룩무늬…… 무언가 섞여진……
'엷게 섞여진' 색의 '이 물냄새'는 어디에서 온 걸까. 새들도 없다.
조용하다, 그렇다! 깃털을 물에 적신 채, 안과 밖의 경계도 없는 낮
은 울타리에 "말려놓은 것은, 바로 나……"
라고 아름다운 요괴가 다가와 속삭였다
그 목소리가 매우 아름다웠다……

그리고, 초여름날이 되어 묵고 가는 여관은 '우루마 산장'……
타고 온 자전거를 우타키에 세워놓는다……

그것이 평생의 꿈이었던 것 같기도 했지만
뜨거운 수증기처럼 덧없다. 매화(백매화) 싹처럼 허무하다
하지만, '오지야**'가 도겐자까***나 시부야와 닮아 있듯이……
한여름 날에 '우루마 산장'의 언덕길을
자전거를 타고 모자를 덮어쓰고……
문신이 새겨진 살갗에는 바다의 물결이 그려져 있었다

(봄의 하리미즈우타키,……)
새여, 새들이여

날아라, 새, 새들이여
"떠도는 이름, 명탄(名彈)⋯⋯"
(하수공사 중이었지만⋯⋯)

(봄의 하리미즈우타키⋯⋯)를
날아라, 새, 새들이여

이제 더 이상 한 그루의 나무도 필요없다
—조나스 메카스 씨에게 보내는 편지

"이제 더 이상
한 그루의 나무도 필요없다……"
그렇게 중얼거린 것은
우리들 입에 돋아나기 시작한
'들판의 가시나무' 목소리였을
지도 모릅니다

메카스 씨 (리투아니아어로는 먀카스 씨)
소—호—의
우스타 거리 18번지
나무는
오늘도 뉴욕의 바람에 흔들리고 있는 것일까요
그렇게 생각하면
마음 깊은 곳에서 귀를 치켜세우고 내 마음에 부드럽게
솟아나고 있는 듯합니다

"태어난 땅에 그대로
　　　살아가고 있는 것만으로는
　　　　　사람은 단지 식물에 지나지 않습니다"

"태어난 환경에서 떨어져 멀리 뛰어야 합니다"

그것은 비록 몸과 마음이 아플지 모르지만 그 아픔이
새로운 내 고향일지도 모릅니다

"이제 더 이상
한 그루의 나무도 필요없다……"
라고 중얼거린 것은
우리들 마음이
자라나려고 하는 고통과 달콤함
과실(果實)의 요정이었을 것입니다

메카스 씨— 당신의 입에서
(아주 오랜 리투아니아 말이었겠지요……)

"딸기……딸기"
라는 외침을 들었을 때부터
늙은 과실의 요정은 확실히 내 마음속에 자리잡고 있었습니다

그 증거로
"짐수레를 끄는 수염 많은 남자가……"
내 꿈속에 나타나 땅바닥에 털썩 앉아서는
"딸기……딸기……"
라는 말을 꺼내는 겁니다……

"뉴욕의 번개는 아름답겠지요

비는 어떤 색을 하고 있는 걸까요?"

"이제 더 이상
한 그루의 나무도 필요없다……"

그렇게 중얼거린 것은
우리들 생명을 만들어가고 있는
번개와 소나기였을지도 모릅니다

싱그런 숲의 초록빛 속에
우리들은 걸어가려 하고 있습니다

시간을 세어가며
그렇게 맨발로 말이지요

오래된 은행나무를 만나러 갔다……

'여자의 마음'이 머물고 있었다 ——'남자의 마음'도 조금은 그랬
다……
　　오래된 고목나무를 만나러 갔다……
　　　　　　　두 번, 세 번이나……

"우리에게는 아무것도 보이지 않습니다……"
어디에서 소리를 내고 있는 건지, 어디가 흔들리고 있는 건지
'미야기(宮城)* 동식물 열 개 외우기'의…… 메추라기, 종다리,
방울벌레, 귀뚜라미, 싸리, 등골나물, 오이풀, 여랑화**, 솔새***
　　문득 생각한다. "씨앗을 줍는다……" 는 영어로 뭐라고 말할까?

　　"은행나무 씨앗을 줍는다……" 우리들에게는
　　　　"줍는다" "줍는다?"라고 말할 수밖에
　　　　　　달리 표현할 길이 없는지도 모릅니다

　　우주도 절로 고개 숙이는 / 가게 앞의 칠석 장식 / 어린애 키 정도
의 높이
　　"나무란 이런 것이다……" 라고 누군가가 중얼거린다……

　　"소리를 내며 먹어서는 안 됩니다
　　밥그릇을 두들기면 안 돼요

밥을 한번 먹기 시작하면 이리저리 장소를 옮기면 안 돼요"

라고, 옛날 여인의 목소리가 들려오고 있었다

'고개를 숙이고 / 다시 들어올리고' '생명이 되풀이되고 있다
는……' 느낌이 들었습니다
　전차 안 구석진 자리에 연인의 손에 손을 포개고 있는, 두 명의
고등학생이 있었다

　(우리에게는 위에 '지붕'이 없다……)

"손은, 잡았니?" did you pick her fingers up?

　'여자의 마음'은 포개어져 있었다── '남자의 마음'도 조금
씩……
　오래된 은행나무를 만나러 갔다……

　　　　　　　　　　　　　　　　　　두 번, 세 번이나,
　　　　　　　　　　　　　　　　　　인사를 하면서

＊宮城 : 일본 혼슈(本州) 북동부 태평양에 면한 현. 현청소재지는 센다이(仙臺)이며, 특
　히 센다이의 마쓰시마만(松島灣)은 소나무가 울창한 260여 개의 섬이 산재한 경승지로
　유명하다.
＊＊쌍떡잎식물. 마타리과의 여러해살이풀. 일본 열도의 북쪽부터 남으로 타이완, 중국
　및 시베리아 동부의 산이나 들에 서식한다.
＊＊＊외떡잎식물. 벼목 화본과의 여러해살이풀. 분포지역은 한국 일본, 중국, 인도이며
　자생지는 산과 들이다. 70~100cm의 크기를 지닌다.

우리는 도대체 어디까지 가는 걸까,
이제 절망적인 기분이 들었다

"딸기"라는 한마디로 "딸기"가…… 다시 소생한 다음날 아침
Doubletree* 아침이슬에 젖은 "새로운 기억의 언덕"에게
인사를 한다. u, o, e 도 "히라가나"와 같다니
왜 그럴까, 이 "히라가나"란…

손바닥을 먹물로 더럽혀서 (처음에는 장난이라고 생각했지
만……)
점점 몸도 마음도 먹물통에 잠겨 버렸다.
시나노 강이라는 이름이 아름답다
그 이름 아래 부는 바람에 희미하게 떨고 있는
                    공기를 사전으로 하여
나는 살아왔는지도 모른다……

한여름 정원의 새는 농담(濃淡)을 쪼아대고 있고, 그것이
        "새의 꿈"이었을지도 모른다
"우오고스"라는 한마디로 "딸기"가 소생하고 있었다
"중국 먹물 냄새"가 나자 외뿔 짐승이 약간 축축한 코를 치켜세
웠다
        고 兒(고 蠢), 고 吳(고 虞)

젖가슴이, 젖가슴도 꼬리처럼이 아니라, 그 흔들림을
멈추고 "공기언어"도 머리를 파묻고 무언가를 연결하는
낱말이 낱말과 나란히 할 때……
　　　"eel" 마침내……
뱀, 바위그늘의 길고 먼——금(金) / 초록(綠) / 회(灰)색의 성행위

언덕을 오르면서 즐긴다—— 그것이 내가 배워온 인성(人性)의
전부였다
　물질의 그늘 속에 얇은 돌비늘의 아름다움……(카타카나의 "ヽ"
에 탁점을 찍는 것이 재미있다)
　중국 먹물 냄새가 나자 외뿔 짐승이 약간 젖은 코를 들어올렸다
　——산 모양도 빈 껍데기이기 때문에

　지중해의 어딘가에서(마음을 다하여) 장난하고 있었다…… 외
뿔 짐승은
　초원에서 부는 바람에 코를 들어올렸다
　　　　　　"암컷 표범의 마음……"
　공기를 사전으로 하여
　　　　　　마음은,
　　　　　　　　　　어디까지나
　잉크병을, (엎질렀지만) 바다 지도의 바로 아래의 섬, 그 바탕에
의지하고 있었다

　첫째 날, 어린 대나무를 상상하고, 쪽문을 연다
　시의 우주는 개벽

무변(無邊),
　　　　화롯가의 알밤들이 터진다

"우오고스"라는 한마디로 "딸기"가 소생한 날에
Doubletree, 아침이슬에 젖은 "새로운 기억의 언덕"에
인사를 한다. 우리는 도대체 어디까지 가는 걸까
더 이상 희망이 없는 기분이 들었다

＊ 로스엔젤레스 공항 근처의 호텔 이름.

이상한 가로수길

"단 한 그루의 나무도 필요없다……"라고
이곳에서 밖에 나타난 적이 없는 행복이 문득,
중얼거리는 듯 느껴졌다. 그것은, "on" "춥다"
"on" "춥다"

더 이상 헤엄치지 않는 물고기인 옛고래의 배지느러미 / 살껍질
"꼬리가 추워"— 먼 바다 울림소리였는지,
감정을 누그러뜨리고 나 또한 노래를 부른다
어린아이의 장난이 유령의 발자국 같았다

핫코다산*이 우주의 기원이다…… 라고 말한 적이 있는
판화가 무나카타 시코우 씨는 옳았다. 매우 "희미하고 / 흐렸다"
창가에 비치는 '돔구장처럼 부풀어 있는' 언덕
"on-춥다"— 나는 동판화가다
"소용돌이……"

나미키 미치코 씨, 섬과 하수구와 사과나무만 있다면,
더 이상 "한 그루의 나무도 필요없다……"
세상에 태어난 것이 불가사의한 분에게, 주름살, 주 / 름 / 살
머리카락도 필요없다, 산나이마루 산**의 전시실에서

볏짚 인형이 "세 개로 엮었군……" 하고 속,삭,였,다
"술이 떨어졌네……"라고 나는 대답한 것 같다

"차분하고 부드러운 것에서 언어가 태어난 여인의 그것"
새끼줄 모양은 머리 모양이었다는 것을 알았던 날에,
7천 년? 8천 년의 "사물 / 형태"가 사라져 간다

13개의 무덤, 불도수행……. 그것은 조금 높은 이미지의 언덕이
었을지도 모른다
크든지 작든지 이제 어찌되었건 상관없다
"on" "춥다"
소용돌이……(우즈우즈……)

"단 한 그루의 나무도 필요없다……"
"이곳에서 밖에 나타난 적이 없는……"
문득…… 중얼거리듯 느껴졌다
(우즈우즈……)
이상한 가로수길……

* 아오모리현(青森縣) 중앙부에 있는 화산들. 삼림, 꽃밭, 습원 등 식물등이 다양하며 산
기슭의 온천들도 유명하다.
** 三內丸山 : 아오모리현에 동북부에 위치한 산. 온천과 축제로 유명하다.

"장식된 꽃⋯⋯"과 같은 영혼이⋯⋯

—1995년 11월 5일, 오사카 예술대학 '학원제'에 초대해 주신 답례(레 포트 같은⋯)의 시편(詩篇)

어떻게 된 일이죠? "제 영혼은⋯⋯"

1995년 11월 4일

요코하마*에서 "문짝배"라는 배 한 척이 도랑에 빠져버린 것일까,

잠자는 듯하다는 것을 알고

나의 영혼은, 그 순간, 떠오르는 듯했습니다

'목재선(木材船)'의 환상이었는지

아니면

이런 '틈새' 같은 '배'가

이 우주에는 가득히 차 있어

'우리들의 영혼'은 살며시 나에게 "이 우주를 가득 채우기 위해 나는 온 거다⋯⋯"

그렇게 중얼거리는 '목소리'를 나는, 들었는지도 모른다

달콤하다

쓸쓸함

내년이 되면 '자전거'를 구입하자. 그리고 풀밭에 살짝 쓰러져

'나'와 어울리는 '유령'과 '반묘'와 '제비꽃'에게 말을 걸어보려고 하는 건지도 몰랐다⋯⋯

모르겠다

모르겠다

그 '미래'의 '시간'마저도 이미 과거로 끝나버렸는지도 모른다

그렇다면
        미츠치,
                민츠치(물호랑이, 바다괴물. 옛 전설에 의하면
'바다의 요정'……,

요시마스**도 그렇게 생각한다……)

그렇다면,
        미츠치,
                민츠치여

죽는 것도
멸망하는 것도
불가능하다
요정의 (와인 향기,
        행위＝이미지,
                가녀린 슬픔……) 반지로 우리는 다가간다.

        거기서 기다려 주고 있었던……
        "장식된 꽃……" 같은 "문짝＝배……"

교토 역에 다다라서, 문득 에도(江戶)의 시인 부송(蕪村)의 마음
을 헤아려 "장식된 꽃……"이 떠오른 것일지도 모른다.

＊橫浜 : 일본 가나가와현(神奈川縣)의 현청 소재지. 1859년 개항한 이래 국제항만 도시
　　로 발전을 거듭하여, 철강·조선·화학·석유정제·식품 등의 대공장이 있어, 무역과
　　더불어 도시경제의 중심을 이룬다.
＊＊요시마스 고오조(吉增剛造) : 작가 본인을 일컫는다.

친구의 죽음을 슬퍼하며, 파리의 봄날 아침, 안개 같은 빛 속에서

수로(水路)를 마음의 문신으로 새기고, 낡은 풍차가 있던 그곳의 '바람의 추억'의 망아지
"우리는 약한 짐승이다……"
라고 말하면서, 나는 아직 살아남아 '금빛 천사'를 쳐다보았다

바닷길, 수로만이 물의 여행이었는지도 모른다……
"우주선에는 비단 구두가 없다"라고 중얼거린 외뿔 짐승이 퍼올린 한 스푼의 꿈의, 부,풀,음이었을지도 모른다

죽은 친구를 위한 추도와 조사(弔辭)를 위해, 새로운 노래를 작곡해보고자 하는 내 자신을 문득 발견했다. 작곡가도 아니면서
죽은 그대의 얼굴…… 왜 몇 번이나 보러 가려고 벌떡 일어나간 걸까
십년만에 파리에 오니, 금빛의 회전목마가……
(커다란 세느 강……) 수면이 일렁이듯이 떠올랐다 가라앉았다 하며
마음에 스며든다

죽은 그대 얼굴을 보러 갔던 '선녀옷'을 쪼아먹는, 새의 부리……
그대와 함께 기념사진을 찍었던 룩셈블* 공원에 가서

나무 벤치, 그 나무 벤치의 가장자리를 본을 뜨듯이 만져보고 싶
다. 하지만

지칠 대로 지친 내 몸을
고래처럼 옆으로 뉘어
나락의 밑바닥으로 침몰시켰다.
……
정신이 들고 보니, 숲속이다.

‘그대의 고래’와 ‘그대의 숲’을 오늘은 한 번 만져보려고.
프랑스어로 ‘고래’는 어떻게 울려퍼지는 걸까, 화가인 이브 탕기**
와 나는 바다 깊숙한 곳의 작은돌 옆에 나란히 서서 듣고 있다. 애석
했다고 세느 강도 중얼거린다.
수로를 마음에 새기고, 낡은 풍차가 있던 그곳, "바람의 추억"이
라고 망아지도 혼잣말한다. 애석한 일을 했다…… 애석한 일을 회
색의 돌계단, 슬픈 언덕, 회색의 돌계단, 슬픈 언덕, 회색의 돌계
단……
"지친 고래" "고래는 지쳤다……"

*Luxembourg : 파리에 있는 옛 프랑스 왕실의 왕궁. 1615년부터 35년까지 앙리 4세 왕비
가 건립. 지상 3층의 토스카나 풍을 이루는 건축양식으로, 1890년 이후 상원의 소재지가
되었다. 부속 정원은 나무들과 조각이 많아 현재 룩셈블 공원으로 파리 명소의 하나이다.
**Yves Tanguy(1900~1955) : 프랑스 출신의 미국화가. 상선의 선원으로 일하던 중,
1925년 초현실주의자들과 알게 되어, 그림활동을 시작한다. 1972년 파리에서 최초의
개인전을 열어 초현실주의자의 유력한 한사람으로 주목받는다. 작품은 바다 밑이나 우
주공간을 연상시키는 고요한 생물이나, 화석같은 형체 등으로 비현실적이고 비정상적
인 영상의 세계를 나타낸 것이 특징이다.

교토에서 오는 어미고래를 위하여

"교토의 돌과 돌피리와 에코 인스트루먼트*를 지참하겠습니다"
이상한 팩시밀리가
도—쿄 디자인 센터로부터 와서,
나는 해변가를 걷기 시작했다. "지쳐버린 고래……"가 교토에서
"극락왕생……."이라고 탁한 목소리가 문득 들려오다가 사라져
버렸다
　시부타**에 잠시 머물러 있었을 때의, 그것은 '나의 목소리'였는
지도 모른다

　　　쉰 목소리
　　　　잠긴 목소리
　　　　　쉰 목소리가
　우주를
　드넓혀라
　……
　우주를
　드넓혀라
　이 다리의
　끈의
　빛의
　소리의

끝을

걸어

가는 것

가는

것, 것, 것, 것

"장면(場面)을 살리기 위해 기도한다……" 누구의 목소리일까.
장면과 장면이

함께 들려오고 있었다

"흔들고 싶다……" 나도

"경계면을……" 흔들고 싶다

프랑스어로 "네브카드네자루 왕***"이라는 소리를 들었던 날, 그
끝자락에

아주 작게 스쳐지나간 목소리가, 아니, 쉰목소리

그 목소리다! 나를 떨게 만들었다……

"사탑……"

혹은

막대기 같은 공기다! 그것은. 사라져 버린 하이픈과 대시 마
크―. 시(詩)란 깊은 미련이 존재하고 있는 막대기 같은 것. 실과 바
람에 흔들리는 단자쿠(短冊), 애석한 몽당연필 같은 "검정망둥이
같은, 하늘다람쥐 같은……"

프랑스어로 "네브카드네자루 왕"이란 소리를 들었던 날, 그 끝자
락에 쉰 목소리／그 목소리가 나를 떨게 만들었다

산호는 바다문을, 맴맴 돌며, 뭐야? 서서 수영을? 갯펄에 들어왔다

"지친 고래……"는 중얼거렸다……

물속에서 물을 보듯이, 시(詩)가 보인다

"바다 밑 꺼칠꺼칠한 경사면이"이 그립다……

단고반도****는 어머니 나라, 그곳에서 돌을 운반해 온 음악가가 하늘의 구름다리를 만든다

그 다리가 "지친 고래……"의 통로였다

"지쳐버린 통로……"

이리하여 우리네도 우리 마음 깊숙이 다가온다. 그 깊숙한 곳은 매우 탁하고 긁혀 있지만……

거칠게? 거칠게 긁혀?

올 여름 하룻밤 이벤트를 위해, 50년만에 나는 어머니와 마주앉아 이야기한 건지도 모른다

전쟁이 끝난 후, 나는 베 짜는 집의 아들로

밤새워 베를 짜는 것이 여덟 살난 어린아이의 일이었다

얇은 날실의 빗살자국 하나를 구멍내고는 되돌아갔다

(길이는 짧았으나, 베 짜는 여인은 여전히 눌어붙어 살았고……)

츠지케이 씨의 업무는, 그런 베 짜는 여인들의 꿈을 실현하는 것 인지도 모른다

나는 그것을 잘 이해할 수 있을 것 같았다

하지만 "그 아이"의 눈은 어디를 보고 있었던 것일까

"그 눈길을 쫓아가듯이
〈옷감〉을 두고 가버렸다"

그 길을 따라가듯이
죽음의 그물에
닿아가고 있었는지도 모른다

베틀에 내밀어진 어린 손이
물가를 따라 낡은 자전거를 타고, "물가와 임종과 한 장의 사진……"이라고 중얼거렸을 때, 나는 "사진"을 이해할 수 있을 것 같았다
"거기까지, 걸어가서, 남기고 간다……"라고 마음속으로 읊조렸을 때, 알게 되었다.

이상하게도
경치가 선명하게 다가선다
개똥벌레의, 잎파리 뒷면의, 검은, 기울어진 풍경이…… 그 또한 아름답다

교토에서 온 어미고래를 위해, 제 각각의 실길을 두고 나란히 걸어간다
"썰물을 부르는" 크고 작은 두 손처럼

여기까지 쓰는데
팩시밀리가 작동하고 있었다. 뉴욕의 James Me as 씨가 It's so

hot in New York 이라면서 덧붙여 But I am sorry to say, I know nothing about poetry. Basically, I am a graphomaniac, I just like writing. Writing as an obsession, or some kind of craziness. 라고 계속 써내려가고 있었다.

어떻게 번역해야 할까

graphomaniac이라는 발음이 아름답다. 손에 아름다운 그림 같은 글을 쓰는 사람의 솜씨다.

또다시 fax가 나를 살렸구나……

＊Echo Instrument : 울림도구.
＊＊染田 : 진흙으로 물들인 마치 '파레트'같이 아름다운 땅. 여기서는 작가가 상상하는 아름다운 마을로 이미지화되어 있다.
＊＊＊Nebuchadnezzar : 신 바빌로니아(칼리아 왕국)의 제2대왕(재위 BC 604~562년)으로 아시리아를 멸망시켰으며, 시리아, 팔레스티아를 정복하여, 통치중 바빌로니아 최전성기를 맞이한다. 유대인을 바빌로니아로 강제 이주시켜, '바빌론의 포로'로 하였다.
＊＊＊＊丹後半島 : 교토부 북단, 일본해에 돌출해 있는 반도. 대부분의 전지역이 융기 준평원으로 이루어져 있으며, 고대에는 대륙과의 교통의 요지였다.

죽은 어머니의 고향에서 어머니 목소리에 귀를 기울인다

엄마도 죽은 어머니의 고향에서 엄마 목소리에 귀를 기울입니다
"바다"의 "아지랑이", "제비꽃 빛깔의 터무니없이 깊은 구멍의 바닥"……과 같은 아,지,랑,이……,
── 하늘
"멀리 들리는 중국어음의 원숭이 소리"를 듣고 있었다
"바다의 감촉……"
캄캄한 밤, 편의점에 가면, 젊은 사람들이 휴대전화로 바다내음을 듣고 있었다
재미있지 않니?

미호 씨──
불쑥 "바다의 감촉"이라고 쓰고, 스스로, 자신의 손바닥을 뒤집어보고선 놀랐습니다
도대체 뭐지? 이 평온함은……
"필름에도 속과 겉이 있듯이, 빛에도 겉과 속이 있다……"
산호가 바다문을 열고 춤추듯이 살짝 갯벌에 들어온다
"지친 고래……"는 중얼거렸다……. 우리들도 역시 육지가 그립다……
"바다 왕국의 겉과 속……"
미호 씨──

"긴 울타리"였죠. "바닷물이 넘쳐 흘러들어 왔었어요" 시마오 토시오 씨의 마음속의 묘한 "빗금이여!" "답답함." 그 "마음"이 그대로 "집 안"으로 되돌아가

　미호 씨——,

　그렇게 시작됐다

　큰 물결 소용돌이 속에서, 누가 말했는지 이제는 알 수 없는 "당신도 대단한 사람이요"

　시바타 미나오 선생이,……. "하네다까지 차를 굴려 가서, 우타가키 산*으로……"라고 말씀하셨을 때의 목소리가…… 너무나 그립다

　바다 내음

　『죽음의 가시』의 심지 있는 언어가 통과해온 "긴 울타리"(거기에 조개의 아름다운 몸도 들어가 있었다) "길고 긴 우주"

　……

　미호 씨——,

　언젠가 매미도 껍질을 벗고, 먼 하늘에서 "나의 생명"을 조각하듯이……

　(아버지도, 우리들도)

　깨끗이 써내려가는 것이 아닐까요……

　우리들은 "시간의 걸음, 또는 회랑"의 기로에 서서 천천히 걸어가고 있는 듯한 기분이 듭니다.

　시마오 씨는 (나란히 걸으실 때) 우측이었던가요?

　『축제의 이면』이라는 제목도 묘합니다

"결이 촘촘한 살갗의……, 지친 고래……,"는 두 마리, 세 마리,
아기고래를 데리고,……

물가에서 손을 흔드는 게를 "꽃게"라고 했었지요,……

남해일일신문의 마츠이 씨로부터 "팔을 흔드는 게의 한쪽 손이
크다"라는 말을 듣고선

나는 「마차 산촌」의 전화기에 입을 댄 채 잠시 망연자실할 뻔했
습니다

미호씨——,

"바다로의 초대인 꽃게"가 손을 흔들지 않게 되었을 때, 우주도
길을 잃어버립니다

"엷은 녹색 바탕에 짙은 감색의 난(蘭)이 그려진 도자기 표면에
옮겨진 사람 살갗의 따스한 온기"

마음에도 살결이 있어, 그래서 마음이 고요해지는 걸까요, 이렇
게도 마음이 차분해지다니, 이 세상 어디에도 없는, 먼, 남쪽의 추
억일까요

미호 씨——,

왜일까요, 이 평온함은,……

"바다의 감촉……"이라고 쓰고는 스스로도 놀라, 잠시 내 손바
닥을 뒤집어 잠시동안 물끄러미 바라보고 있었습니다

* 歌垣山 : 오사카부(大阪府)의 노세쵸(能勢町)에 있는 산. 고대부터 농경의례의 축제
  가 벌어지는 곳으로 일본 3대 명산으로 알려져 있다.

흩날리는 눈에 입을 대어 보려고

앙긴몽*, 천조각…… 무소의 뿔을 고향쪽 방향으로 향하게 한 가로수길……

우리도 이제 우리들에게 이별을 고하고 각자의 길을 따라, 고향으로 돌아간다

홀로…… 젊은 유령의 어깨에 닿은 듯한 기분이 들었던 푸른 나무 그림자의 한 귀퉁이로부터 또 일 년……

"헤엄치는 카프카"도 이 어깨에 닿았었고, 누군가가 또 내 어깨에도 살며시

금발의 파란 눈의 아가씨도, 모자를 깊숙이 눌러쓰고 무대 끝에 앉아 있다. 무대 끝자락은 이제 더 이상 없을 테지만……, 브뢰헬**의 제사 때 한 귀퉁이에 있던 "그림의 소녀"도 우리들은 높이 쌓은 흙을 핥았던 것이다. 나도 또한

　　　　선생님 시구의 흉내를 내어

"떡쑥냉이, 광대나물의

　　　잿빛 꿈을 밟고

　　　　살며시

…… 흩날리는 눈에 입을 대어보려고 혀끝을 쑥 내밀고 있다"

그렇지만요, 선생님, 우리들은 혓바닥을 바짝 말리고 나서야 무언가 말하게 되었습니다…… 하지만……

이상한 가로수길…… 이제 도로 위의 가장자리나 길가는 없어져 버렸다

보랏빛의 아름다운 무궁화가 무대 가운데에 서 있었다. 서 있다는 것은, 우연히 나타나는 것은 아니죠? 후지다 씨

깊숙한 혓바닥의 울림을 듣기 위해 모퉁이의 키무라 서점***에 들어갔다

(그대가 만들어준 국수 맛있었다……)

뿌리, 근원을……

한참을 바라보고 있자니 불쑥 내뱉은 언어가

"쓸쓸하다……"라는 말이네

장자산****의 오후 한나절…… 여덟 집은, 언덕 자락의 가로수, 신비로운 가로수길……

"언덕을 오르며 노닌다……" 그것이 내가 인성으로 배운 모든 것이었다. 이것은 내가 쓴 시의 행간이었지만…… 우리는 이제 우리 자신에게 이별을 고하고 각자의 길을 따라, 고향으로 돌아간다

"개가 싸늘해졌다"니 무슨 말인가? 가녀린 실낱같은 소리가 들려 그 자리에 서버렸다.

약간 빛바랜 수국

(피아노의 선율처럼 울리고 있다……)

아오모리(靑森)

아오모리(靑森)

---

* 승문시대(繩文時代)의 고대 유적지인 산나이마루 산에서 출토된 유품. 베로 짠 문양.

** 피테르 브뢰헬(Piter Bruegel 1525～1569) : 네델란드 브리겔 출신으로 농민의 화가라 불린다. 농민들의 생활상을 묘사한 풍속화와 때로는 날카롭게 세태를 풍자한 작품이 특징이다. 북구의 사실적 묘사와 이탈리아에서 배운 뎃생을 잘 조화시켜 그만의 독창적인 세계를 열었다.

***木村書店 : 작가가 야도시내에 있는 이 서점에 들어가서『일한 · 한일소사전』을 구입했다고 한다.

****아오모리현 야도시(八戶市)에 있는 작은 언덕.

밀크(「彌勒」, ……)

밀크가
　잊어버렸던 길을, 우리들은 또다시
　　더듬어가고 있는지도 몰랐다
새하얀 얼굴 우리들의 마음의 배(舟)……
도쿠노 섬*에 겨우 닿아 섬과 섬 사이의 협소한 정원에 놀랐다
이것은
바다가 아니다……

길 위의 섬
이리하여 문장 속의 '주석'을 찾아가며
손을 흔들고 있었다
그
손을 흔들고 있었다

그리고
조금씩 조금씩 마음속 깊은 곳에서 여울따라 물결치는 노래를
부르고 싶어졌다
남해일일신문(南海日日新聞)의 타카츠키 씨에게 차를 빌려
반 바퀴 돌자, "티티", "티티초등학교"를 우연히 보게되어 놀랐다
("티티"는 벼랑이 무너지는 소리와 이미지가 겹쳐 있다)

한 사람 한 사람의 밀크
밀크 또한 우주다, "차(茶)의 세계로……"
tea tea…….

"Pass to thy Rendezvous of Light 빛이 랑데뷰하러 가도록
Pangless except for us — 우리에게는 고통이 남겨져 있다"

빛줄기 속에 망령이
티 티 티 티
"그 섬 안에는 우물 같은 것이 있다"
세리카쿠** 우물의

정원의 돌에 몸을 맡기고
부인과 이야기에 빠져들고 있을 때,
"할 일이 없어져 버린 거야……."
"버린 거야"라는 끝말은 했었는지
이제 그만
끄트머리 말도 잊고 말았다

할 일이 없어져 버렸다
밀크도
창백한 피부, 그 하얀색
부인은 또 강에서의 목욕은
어둠속에서 한다고 가르쳐 주었다

우윳빛
창백한 피부
창백한 피부의
우윳빛을

잊어버렸던 길을 우리들은 또다시 더듬어가는지도 몰랐다
도쿠시마 섬에 겨우 닿아, 섬과 섬 사이의 협소한 정원에 놀랐다
여기는
바다가 아니다⋯⋯

* 德之島 : 오키나와현(沖繩縣) 위에 있는 작은 섬으로, 가고시마현(鹿兒島縣)에 속해 있다.
** 瀨利覺 : 가고시마현의 치나쵸(知名町)에 위치한 곳.

3부
오시리스, 들어 신

적벽(赤壁)에 들어갔다

　무더운 8월, 내 눈에 적벽이 비쳤다. 강 건너쪽, 철교는 놓여 있지 않았다. 전체 무게는 어떻게 재는 걸까? 내 시선을 들어올리기 시작했다. 강 건너 솟아 있는 적벽에, 그 깊숙한 곳에 조각물이 몰래 들어와, 발하고 있는 빛이 보인다.

　빛이 보인다.

　산 속의 강폭은 50미터 정도 강 바닥은 강기슭 밑으로 3미터?

　나는 측량사, 강줄기의, 측량사이다.

　강바닥을 큰 물이 지나간 것은 어제 밤의 일? 아니면 그 전날 아침의 일? 하류를 향해 휘어져 있는, 모래자갈에 범벅이 되어 빛나는 초목에 말을 걸었다.

　나, 교환수? 나는 교환수?

　큰 뱀같이 화나서? 풍요롭게? 어제 밤인지, 어제 아침인지, 통과한 큰 물의 길이를 재어보니 그녀는 1미터 75센티미터이다. 뜨거운 숨을 내쉬는 것을 느낀다. 등에 다리에 넓적다리에 가슴에 등줄기에…… 빠져나가듯이, 몸을 끌어올려 강기슭으로 몸을 옮겨갔다.

　나는, 하천의 수영감시원?, 수영감시원? 모르겠다.

　옆구리에 은어공양탑이 서 있고, 그 소리에 놀란다.

　곁으로 가면, 우리들 소리도 속삭이듯이 부드럽게 된다. 그 곁에 가면 가늘게 반짝이는 미꾸라지나 물고기 소리가 들려왔다. 우리들은 맑은 물결을 잠시 어루만지고, 또 부여잡고 있었다.

모래? 모래?

그때, 낮아져 작은 산이 되어, 작은 소리가 되어, 은어와 은어의 뺨에 손가락을 대고 있었던, 모래가 되었던, 나는 떠내려갔다?

그리고, 돌아보니, 건너편 기슭의 커다란 적벽은, 1미터인가 2미터 이 편 기슭으로 기울어져, 돌불, 불꽃 모양 ——, 그 안쪽에 우주도 몇몇 개, 혜성도, 곰도, 그리고, 내 손바닥에 있던 bird stone도, 적벽의 하늘을 약동하고 있었다.

고좌상류(古座上流), 한 장의 커다란 벽이 서 있는 이상한 곳.

작은 물고기, 작은 물고기,
그곳 작은 물고기.

8월 11일
적벽에 나는 들어갔다.

벙어리 왕

고마 역*은 이쪽입니까? 고—마역은?

묻고 있는 내 목소리는, 기동차**에 올라, 하찌오오지***에서 하코네가사키****를 지나, 큰물이 지나간, 어지러운 소리처럼 흔적을 남긴다, 모래톱에, 나는 분신을 매달고, 왼팔을 괴고, 몇 번이나 고개를 다 내려오니, 아아, 이곳도 작은 아르카디아*****구나, 속삭이는 마을을 수없이 발견해 왔다.

내 목소리, 돌의 목소리?

어제의 조용한 땅거미는, 지금부터 세어도 아직, 열일곱 시간 전이기에, 작은 다리를 건너 뒤돌아보고, 강가의 텐트 몇 채, 무슨 색일까 하고 뒤돌아보며, 그리고, 땅거미가 내려앉을 즈음, 반듯하게 누워 있는 왕의 모습이 눈에 들어왔다.

왕이구나, 그래 왕이로구나

벙어리의 목소리, 돌의 목소리?

며칠 전, 친구인 소설가와 함께 와 본(눈 밑에 우뚝 솟은)쿠마노산******속의 적벽에, 나는 들어갔다가 나왔다. 갇혔다가, 그리고 나온 것은 나였다(분신이 아니라). 돌로 만든 새(bird stone)가 적벽의 상공에, 몇 개인가의 조각물, 우주도 몇 개쯤, 혜성도 곰도, 적벽에 있었다.

눈먼 왕, 벙어리 왕.

하코네가사키를 지날 때, 그 옆쪽으로 시선이 갔다.

측량사가 물러서는, 여름의 잡초?

나는 소년 시절에 옆쪽 뺨을 스치고 지나간 군용 트럭이다. 몇 대나 몇 대나 모래먼지를 일으키며 활주로 확장 공사 때문에 트럭이 달려 갔다. 여름의 잡초 그늘을 나는, 소형 B36. 옆쪽 뺨을 스치는, 측량사의 모자? 또는 하얀 다리, 돌에 비친다.

활주로는 빛나는 여름의 커다란 화석
누구일까, 네브카드네자르 왕?

그 통행로 길 옆에, 돌을 쥐고 나는 분명히 서 있었다. 기억 깊숙이 작은 다리를 조용히 건너서는, 되돌아본다. 그 나무 뿌리를 돌듯이 속삭이는, 묘한 울림이다. 나무 뿌리의 울림, 돌이 되어가는 것의 울림.

하코네가사키의 나무 그루터기

뿌리,
그루터기?

고마 역은 이쪽입니까?라고 묻던 내 목소리가 아직 귓전에 울리고 있다. 머리가 펑크 스타일인 젊은이 세 명의 귀에는, 해질녘, 내 목소리는, 분명히 들리고 있었다.

뺨을 살짝 물들이며, 눈가를 조금 빗겨나, 엇갈린, 그 아가씨와의 거리가 40센티미터 정도였기에, 화장 내음이 났다.

산쪽으로, 먼 곳으로 가서 왕비에 관한 것을 생각한다.

아아, 지금, 토오부행(東武行) 전차가 산마루에 접어들고 있을 때다.

* 高麗の驛 : 사이타마현(埼玉縣)에 있는 역이름. 716년, 일본에 왔다가 돌아가지 못하고 살게 된 고구려 왕손 약광(若光)이 죽은 후, 마을 사람들이 그 혼을 달래기 위해 지은 고마신사(高麗神社)가 있다.

** 가솔린기관 또는 디젤기관 등의 내연기관을 장치하고 그 기관의 동력을 이용하여 운행할 수 있는 철도차량.

*** 八王子 : 동경 서부의 지명. 에도시대에는 직물의 고향으로, 관동 5대 직물지의 하나였으나, 지금은 대학생이면 누구나 가서 수련할 수 있는 대학세미나하우스가 있는 곳으로 유명하다.

**** 箱根ヶ崎 : 가나가와현(神奈川縣)의 남서부에 위치한 지명.

***** Arcadia : 펠레폰네소스 반도 내부의 산악지대에 있던 나라. 그 이름은 제우스와 칼리스토의 아들인 아르카스에서 연유하며, 떡갈나무가 무성하여 참나무 고장이라고 불린다. 시문(詩文)에서 님프와 양치기의 이상형으로 곧잘 그려지고 있다.

****** 熊野の山 : 미에현(三重縣) 남부에 있는 지명. 목재의 집산지로 유명하며, 제조업, 어업, 원예업도 번성하다..

110

직녀

테루 씨! 테루 씨!

가을비 세찬(태풍의 전조일 테지요) 날의 해질녘, 깊은 산이 부르는 소리에 빠져 들어가듯이, 중앙선을 타고, 나는, 한쪽 발로 반동을 주며, 브레이크를 밟고는, 차량을 흔들고 있었다.

약간 검은 그림자이다. 십수 시간 전에, 지하철 출구에서 건네받은 '유우바리광산 존속'삐라, 출구 양끝에 있던, 두 광부의 몸의 흔들림이, (그렇다!) 그 사람 둘의 몸이 눈동자에 남아 있는 채로, 시간이 흐르기 시작했다.

깊은 산이 부르는 소리에 빠져 들어갔다, 가을비가 세차다

산 깊숙이 분수령에서 대보살 고개가 부르는 소리가 들렸다. 빗속을, 이 우주에는 존재하지 않는 산 모양을 상상하면서 걷고 있을 때, 비는 작은 돌같이 두건을 때려, 나는 존재하지 않는 산 모양이 되어 갔다.

그 산 모양, 두건(연한 블루존 스타일)을 때리는 비. 가방에 넣은 작은 돌 두 개. 모두, 나는, 이시가미마에역*에서 내려, 걸어서, (물살 소리에 매혹되어) 중간점까지 갔던 빛의 다리?

빛,
다리?

희미한 불빛에 비추어보니, 환상의 둥근다리를 건너갔다. 한 사

람은 보조 브레이크에 몸을 맡겼다. 한 사람은 더블(로) 밟았다. 그리고 지하 터널로 가는 터널 입구에 서 있던 사람, 두 사람은 희미하게 공기에 띠를 그렸다.

지금쯤 하행선 차장실은 설익은 매실에 가까운 꽃색으로 물든다?

산은 베 짜기를 한다.

양손을 뻗어, 난간이 양손에 닿는다. 이시가미마에 역에서, 물살에 이끌려 심하게 내리는 빗속, 빛의 다리, 상류, 하류 차례로 다리 위를 걸어, 깊숙한 곳을 들여다본다. 빛의 소리.

중간에 멈춰, 왠지 모르게, 아무도 보고 있는 사람이 없으니까, 나는 몇 번인가 뛰어 보았다. 백 미터 아래의 존재하지 않는 산의 희미한 형태를 떠올리며……, 머리수건을 때리는 비.

가을비 심하게,

산은 직물.

이시가미마에는, 우편함이 세워져 있었다. 무인역은 가을비에 젖어 있었다. 그 옛날, 몇백 톤의 석회 내음 안에 서서, 푸른 꽃, 조개류도 물고기도 화석도, 오오메선(青梅線)은 조금씩 산을 내려갔다.

나무 벤치가 두 다리를 남기고 있어, 나는, 옆의 후타마타오 역**까지 올라가, 캔 맥주를 구해, 그 나무 벤치에 0분인가 50분 정도를 앉아, 생각하고 있었다 그때에는, 알지 못했다.

어두운 산등성이 휴게소였던 이시가미마에.

테루 씨! 테루 씨!

테루 씨! 테루씨 !

112

적벽에서 울려오는 것일까, 산 속에서 부르는 소리다. 내 기억 속의 직녀의 목소리(테루코 씨?).

二股尾, 후타마타오?

어젯밤은 화물열차와 두 번이나 만났다.

지금 건 화물이었습니까? 우산을 가지고, 찾아온 것은 누구였지?

먼 곳까지 가고 싶은 마음을 쫓아 우산을 가지고 선로 옆에 있던 사람.

어째서 함께 올라 타버린 걸까.(시모야마 씨?) 나무 벤치가 있고, 한쪽은 절벽으로 서재 같은 이시가미마에에 있었으므로, 다음의, 상행, 아아, 히카리호 전차가 달려와서, 거기에 이끌려버린 것이다. 여자아이 셋이 다음 문에서 타는 것을 보면서, 순간적으로 판단하니, 저 아이들이 이 역에서 없어지면, 이시가미마에에는 조용해질 테지만, 나는 꾀임에 빠져, 히카리호 상행선에 들어가 버렸다.

고 1 정도 되는 여자아이, 셋은 실내의 빛에 어울려 갔다.

광차(鑛車)?

노상에 작은 돌들의 목소리, 물에 젖은 스커트를 몇 번이나 올려다보았다.

광차,

광차?

테루 씨! 테루 씨!

* 石神前 : 동경도 오오메시(青梅市)에 있는 역이름.
** 二股尾 : 동경도 오오메시에 있는 역이름.

소녀가 홀로 하늘에 뜬다

아라키의 모습이 조금 기울어진 것은 왜일까?
──"리어카, 죽음의 수레?"까지, 아라키는 걸었고 그리고 되돌
아와 있었다

우리들은, 우리들의 몸 심지의 막대기를 흔들며
아스팔트의 희미한 그림자 아래로 들어갔다……

'요미(黃泉/夜見)'의 읽기는, 바퀴자국은, 두 개,……
"수밀은 하나, ……"라고, 누군가가 속삭이고 있다

탁하고 더러운, '이승'과의 접촉 · 을, 기우는 리어카
잘 보세요, "아니, 아니"를 반복하고 있지만, 똑같지 않다

그것은 기억의 먼 여행이다

좀 떨어져, 여행을 하자
"우리들"이 살아가고 있는, 조그마한 증거인

'요미(黃泉/夜見)'의 읽기는, 바퀴자국도, 두 개,……
"수밀은 하나,……"라고, 누군가가, 속삭이고 있었다
임종에 비춰진 복숭아 하얀색

"존재하지 않는 흰색"의 가장자리를 우리들은 들여다본다

그것은 기억의 먼 여행

옛날, 길은 높았다. 자갈이 둥근 태양빛 가득하다
50년 옛 도로를 가는 우차(牛車), 그 뒤꽁무니에 '나'는
탈 수 없었다. 몇 번, 뛰어도,
"풀피리를 불며, 두 다리를 흔들거리게 한다"

목가적인 경치에 뛰어올라 탈 수가 없었다……
거기서부터 드디어 "나"는, 걷기 시작했다

"만약, 우주가, (시소)에 탈 수 없었다면"
황량한 나무의 모습이 조금 기울어져 있는 것은 길이 경사져 있
었기 때문이었다

갓 생긴 길, 삼삼오오
오오삼삼, 갓 생긴 길

"에메랄드빛 사후(死後)의 바다 밑으로 내려갔니? 리어카"
손가락을 적셔 세우고 있는 그림자가 옆에 있는 것 같은 기분이
들고 있었다

소녀가 홀로 하늘에 뜬다. 시ㅡ소 그 옆에

죽음의 수레 / 리어카가 뛰고 있다

뛰고 있다

뛰고 있다

뛰고 있다

뛰고 있다

뛰고 있다

죽음의 수레 / 리어카가

소녀가 홀로 하늘에 뜬다. 시 — 소 그 옆에

나무의, '요정'의, 날개옷이, ……

내 안에서 '요정'을 먹는 이……
옷은 날개옷을 먹는 소리가 들려, 한밤중에 나는 눈을 떴다.
1995년 10월 28일
대마도 해협을 (어디로 갈까,……) 지금쯤

"바람은, ……"
("어디로 갈까,…….")

파도와 바람과 새는, '유령'을 날고 있다
나무마다 머물은 새들은, "그 꿈의 경계"에 있다
오전 2시 20분
대마도 역사 민속자료관에서 보았다.
"나룻배"가 말을 걸었다.
우리들 안에서 '요정'을 먹는 자에게,
상냥하게, 조용하게, 내해의 골목길 같은 잔물결이
조용하게 말을 걸어오고 있었다.

나무의, '요정'의, 나룻배가
"나는 삼나무의 조각재로 만든 뗏목이지만, ……"
나무의, '요정'의, 나룻배가
문득, 입술 연지를 가리키며 이야기하는 것같이 생각되었다
나무, '요정', 나룻배가
상냥하게 미끄러지는 '닿은 적이 없는 언덕' 같은

'바다'도 있는 것을
나에게 살짝 가르쳐준 것이었다.
그 때문에
기상통보가
여기만이
대마도 해협으로만
해상풍경보가 장치되어 있었던 것일지도 몰랐다

"죽음 안에서 꿀같이 익은 것,……"
우리들의 정원이기에
우리들의 꿈의 정원이기에
우리들은 고개를 젓는다
우리들은 고개를 젓는다, 위아래가 아니라 옆으로
"죽음 안에서 꿀같이 익은 것,……"

해수포도문(海獸葡萄文)도 백도(白桃)도── 잘 생각해봐
"우리들은, 조용히, 고개를 옆으로, 젓는다,……"

"나룻배에, 피크닉 바구니처럼
　　　　실려
　　　　있던 것
　　　　그것은　하나
　　　　도대체 무엇
　　　　이었던 것일까?
확실히 바구니에 봉오리가 붙어 있어,

나는
　　　　　　그,
　　　　　　　아래쪽,
　　　　　　　　　'봉오리를',

"나는 보고 있었던" 것인지도 몰랐다.
　　　　　　살아간다는 것은
　　　　　　'봉오리'를 여러 겹으로 쌓아놓은 것이다
　　　　　　따고, 싹트고, 또 따고 하지.

나룻배에, 피크닉 바구니같이
　　　　　　　　　실려 있던 것
　　　　　　　　　그것이, 먼
　　　　　　　　　조상인 '나'
　　　　　　　　　를 넣은 '바구니'
　　　　　　　　　였는지도
　　　　　　　　　몰랐다
　　　　　　　　　평온한 항행
　　　　　　　　　의 날도 있었지
머리를 물결 모양으로 가지런히 했다── 우주가 조용한 날
오전 4시, 점차, 물결이 아래로 가라앉듯이, 바람이
　　　　　　　　　멀어져 간다

냉장고가 없기 때문에 맥주를 꺼낼 수 없다
아름다운, 아무것도 없는 정원을, 우주는 목표로 하고 있는지도

모른다

평평한 나룻배에
사과 향기
를
더하여
나는 나에게로 보내는 선물로 하였다

더 이상
바람 소리인지
파도 소리인지

물레
의
소리인지

알 수 없다

돌!

벚꽃도 지고 i씨, 교정 구석 희미한 빛속의 모래 알갱이처럼 무한한 저 하늘에 간간이 흩날리던 벚꽃잎처럼, 2, 3미터 하늘에 둥둥 떠 좌우로 기체를 기꺼이 흔들어대면서 (비교적 큰 벚꽃 빛깔의 UFO를 떠올려 보면 좋을 텐데) (교정 구석의 희미한 빛 속) 연녹색 3, 4미터 상공에 i씨, 이상한 물체가 떠서 멈추고 있어요. 조금 후진하고 있는 걸까 희미한 연녹색 타는 듯한 냄새를 풍기며, 바로 거기에 떠 있었습니다

물체가 무의식중에 쓰러질 듯이(하지만 여전히 기체는 반짝거리며 떨고 있는 듯) 서서히 3천 미터 5천 미터? 7천 미터? 4천7백 미터? 검푸른 적갈색의 무의식중에 넓은 하늘에 착지 땅을 찾아 이 물체는 비상하고 있는 걸까요?

i씨, i씨, 아메리카 인디언의 주술 같은 그림 작법에 모래그림이라는 것이 있잖아요. 모래를 대지에 뿌려 그림은 완성되고, 네 다섯 시간? 사오 일? 그러면 그 그림은 떠올라 한 장의 마법이 되어 다른 우주로 옮겨가는 것이던가요?

i씨, 하늘을 나는 기쁨에 몸을 떨어대는 물체가 높은 하늘을 활주할 때, 신의 눈도 우주의 수천 개의 눈도 기쁨에 몸을 떠는 물체와 땅 사이에 몇 갠가의 행렬을 만들어 나란히 늘어서나요? (웃으

며?) 얇은 피막층 떨리는 막이 되어 나란히 (우리들의 눈은 이렇게 하여 밖으로 미끄러지기 시작하는 것 같습니다)

연녹색 언어의 그늘이여

봄이 끝나 떨어져 간 벚꽃잎 아래의 흙의 촉촉함──그 촉촉함을 꽃잎과 함께 살짝 씻듯이 들어올려 볼 때, 우리들의 교정은 크게 땅에 미끄러져 기울고 그저 멀리 몇억 광, 1년이란 시간의 언덕은 겨우 편안히 빛나는 것 같습니다 연녹색 담묵빛의 연녹색 담묵빛에 떨며 빛나는 떨며 빛나는 i씨

돌,

石!

　　요시마스 고오조(吉增剛造)는 1939년 동경에서 태어나 게이오(慶應)대학 국문과를 졸업한 시인이다. 재학 중에 이노우에 데루오(井上輝夫), 오카다 다카히코(岡田隆彦) 등과 함께 잡지 〈미타시인(三田詩人)〉을 복간하여 왕성한 시작활동을 한다. 그러나 요시마스의 시가 주목받기 시작한 것은 1962년 7월 동인들과 함께 창간한 잡지 〈도라무깡〉에 의해서였다. 시대가 가장 크게 굴절되어 있었던 일본의 60년대에 등장한 까닭에 이후 '60년대 시인'이라 불리며, 요시마스는 그 잡지에 시 외에도 「삶과 문학」 등의 에세이를 발표하기도 한다. 대학 졸업 후, 한때 미술잡지 등의 편집을 맡아보다가, 1970년 아메리카 시인 아카데미에 초대되어 미국을 방문한다. 그 이후부터는 문학활동에만 전념하는 나날을 보낸다.

　　1964년의 처녀시집 『출발(出發)』에 이어 1970년에 내놓은 시집 『황금시편(黃金詩篇)』은 현대시에 새로운 바람을 일으킴과 동시에 질주하듯 멋지게 비약하는 언어와 이미지로 작가 요시마스와 동세대 사람들에게는 물론, 그 이후의 신진 시인들에게도 커다란 영향을 끼쳤다. 이노우에 데루오가 "그의 시는 연소해가는 것의 아름다움에 매료되어 있다. 그런 까닭에 그의 시는 그 섬광이 온 하늘에 불붙어 오르려 할 때, 막 훔쳐낸 듯한 열렬한 성질을 가지고 있다. 그 광경은 인간이라는 미지의 능력이 저마다 소리쳐 깨우는 무수한 북이 서로 울려대는 혼돈과 닮아 있다. 일종의 비통한 파괴적 에네르기를 느끼기도 하지만, 그것은 단순히 쇠약해가는 착란의 무질서가 아니다. 때때로 매우 지성적인가 하면 돌연 격정의 선율을 연주하며, 섬세한 영혼이 수치심에 고개를 떨구는가 싶으면, 다음 순간 그 영혼은 대담하리만큼 오만하게 공격의 자세를 취하고 있다"고 평하고 있듯이, 요시마스의 시는 매우 격렬하며, 시의 행간 사이에 흘러 넘치는 시인의 육성이 들리는 듯하다.

그 육성은 때때로 너무 정의롭고 날카로워, 이 시집의 맨 처음에 실린 『황금시편』에서 발췌한 「어느 날 아침, 미쳐버리다」와 같이 혼돈의 세상을 바로 잡으려는 조각칼이 되어, 마치 광인의 울부짖음 같기도 하다. 그런가 하면, 시 「돌아가자」에서 처럼 '만일 돌아갈 수 있다면' '사자와 송사리가 생몸을 부대끼며 서로 속삭이는 저 먼 창공으로' 본질적인 것을 찾아 헤매던 작가의 정신이 「목포—사실은 목포까지 걸어가고 싶었다」에서는 '제주도'에 이르러 '내 마음속 하늘'의 풍경을 읽어내고 있는 차분한 모습을 보여주기도 한다.

현대인의 고독한 몸부림을 길다란 행과 부호로서 표현하는 동시에, 순수로 향한 요시마스의 은밀한 의지가 전달되어오는 그의 시는 우리를 도시의 공간에서 벗어나 더 큰 세계로, 더 큰 상상력으로 이끌어주는 데 손색이 없다. 언어의 규모마저 지상적인 것을 초월한 좀더 우주적인 시적 감동으로 안내받는다. 존재 그 자체, 행위 그 자체, 생각 그 자체가 강렬한 언어의 체험이 되어, 무한한 시적 우주를 짜맞추고 있기 때문이다. 그리스 신화로부터 시작하여 젊은이의 거리 시부야에 이르기까지 시적 공간 또한 무한대로 넘나들고 있다.

한편, 발성(發聲)하는 일로서의 시의 가능성과 자신감을 많은 시인들에게 느낄 수 있도록 한 요시마스의 시의 세계는 『황금시편(黃金詩篇)』으로 그해 신설된 '다카미 준(高見 順)' 상을 수상하였으며, 요시마스 고오조 자신이 자작낭독(自作朗讀)에 열의를 가지고 여러 곳에서 자작시 낭독의 시도에 참여한다. 그것은, 요시마스 자신이 "아기 때 큰 소리로 울어젖힌 이래, 온몸으로 소리지르거나 울거나 하는 일이 이제 모두 없어져 버린 것은 아닐까? (중략) 자유자재로운 발성의 퇴화, 발성의 기아상태(飢餓狀態)가 되어버렸으므로, 이것이 생명체에 나쁜 영향을 끼치지 않았을 리가 없다"(『航海日誌, 1969~1970』)는 생각에 바탕을 둔 행위로, 현대에 있어서의 시의 존재 이유와도 관련되고 있다.

1984년 8월 간행된 시집 『오시리스, 돌의 신』이나 1998년 출간된 상당히 긴 이름의 시집 『눈 내리는 섬 혹은 에밀리의 유령』을 펼쳐보아도 여전히 그 내용보다는 우주 공간을 넘나드는 현란한 문체에 먼저 압도된다. 수많은 음부(音符)와 자유분방한 행간은, 많은 전통적인 시적 가치관이 무너진 후에 등장한 현대시에 있어서도, 또 다른 하나의 독특한 시도로서 그 선명함이 전해져 온다. 현대시의 최첨단을 사나운 힘으로 절개(切開)하여 가는 요시마스의 언어의 영토를 번역으로서는 도저히 다 드러낼 수 없음을 유감스럽게 생각한다.

올해 2004년으로 65세가 되는 요시마스는 2001년 6월에 이탈리아 베로나에서 열린 '세계 시 아카데미' 창립회의에 일본 시인으로 초대받아 창립위원 60명 중의 한 사람으로 활약하고 있다. 또한 일본 문화 계간지 〈캉(環)〉(藤原書店)에 「고은 · 요시마스 고오조의 왕복서한(高銀 · 吉增剛造의往復書翰)」을 연재, 한국과 일본의 두 시인이 역사, 문화 등 영역에 제한을 두지 않고 삶과 예술 전반에 걸쳐 서로 번갈아 쓰는 편지 형식으로 대화를 나누기도 했다.

그의 나이는 "세월의 덧붙임이 아니라 계속하여 늘어가는 에너지라 할 수 있다"고 평한 이나가와 호오징(稻川方人) 씨의 말에 동감하면서 요시마스의 시가 한국의 독자에게 읽혀지는데 조그마한 도움이 된 것을 기쁘게 생각한다.

손순옥

1939년 일본 동경도 스기나미구에서 출생.

1957년 게이오대학 국문과 입학, 시모기타자와 등 도내(都內)에서의 하숙 생활. 오카다 다카히코 이노우에 테루오 등과 함께 〈미타시인〉 동인지에 참가.

1961년 〈미타시인〉에 작품 「출발」을 연재. 사진 찍기를 시작함.

1963년 게이오대학 졸업. 〈국제사진정보〉, 후에 〈삼채(三彩)〉의 편집자로 활동하여 69년까지 종사함.

1964년 처녀시집 『출발』을 신예술사(新藝術社)에서 간행.

1967년 잡지 〈문예〉에 장편시 「질주시편」을 연재.

1968년 이 무렵부터 시 낭독회를 시작하여 현재까지 국내외에서 낭독을 계속하고 있음.

1970년 시집 『황금시편』을 사조사(思潮社)에서 간행. 8월, 〈현대시수첩〉에서 요시마스 고오조 특집을 냄. 11월 미국 아이오와대학에 초청되어 이듬해 7월 귀국함.

1971년 3월 뉴욕에서 현대시인 타무라 류우이치(田村隆一)를 만남. 타무라 부부의 중매로 마리리아 루-아스 산토스와 결혼. 시집 『두뇌의 탑』을 청지사(靑地社)에서 간행.

1975년 파리에 감. 의식적으로 사진을 찍기 시작하여, 후에 『태양의 강』 등에 문장과 사진을 함께 하여 발표함.

1977년 『요시마스 고오조 시집』 전5권을 하출서방신사(河出書房新社)에서 간행하기 시작.

1979년 미국 디트로이트 체재. 이듬해까지 미시간의 오클란드 대학에서

가르침. 시집 『청공』 간행. 시집 『열풍』을 중앙공론사(中央公論社)
에서 간행.
1984년 『오시리스, 돌의 신』을 간행. 이해부터 타마미술대학(多摩美術大
學)에서 강의를 시작하여 90년까지 계속함.
1986년 3월 유럽 여행. 8월 브라질, 아르헨티나 등에서 강연 여행.
1989년 벨기에, 인도, 방글라데시 여행. 이 무렵부터 동판화에 시나 언어
를 새겨넣는 작업을 함.
1990년 9월, 소련에 초대 여행. 10월 오키나와에서 사진전. 이후 구마모
토, 교토, 삿뽀로 등에서 사진전을 가짐.
1992년 3월 상파울로대학 객원교수로서 이후 2년간 브라질 체재.
1999년 〈현대시수첩〉 10월호에서 요시마스 고오조 특집. 프랑스 Circ사에
서 시집 『오시리스, 돌의 신』을 프랑스어로 번역하여 간행함.

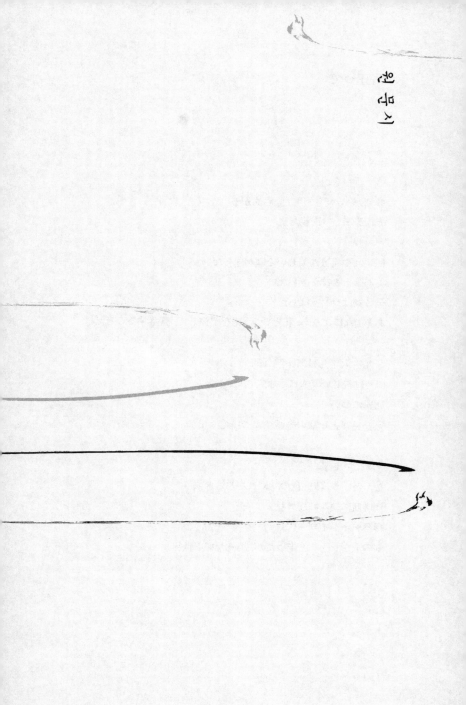

朝狂って

ぼくは詩を書く
第一行目を書く
彫刻刀が, 朝狂って, 立ちあがる
それがぼくの正義だ!

朝燒けや乳房が美しいとはかぎらない
美が第一とはかぎらない
全音樂はウソッぱちだ!
ああ なによりも, 花という, 花を閉鎖して, 轉落することだ!

一九六六年九月二十四日朝
ぼくは親しい友人に手紙を書いた
原罪について
完全犯罪と知識の絶滅法について

アア コレワ
なんという, 薄紅色の掌にころがる水滴
珈琲皿に映ル乳房ヲ!
轉落デキナイヨー!
劍の上をツツッと走つたが, 消えないぞ世界!

歸ろうよ

歡びは日に日に遠ざかる

おまえが一生のあいだに見た歡びをかぞえあげてみるがよい

歡びはとうてい誤解と見あやまりのかげに笑く花であつた

どす黒くなつた疊のうえで

一個のドンブリの縁をそつとさすりながら

見も知らぬ神の横顔を予想したりして

數年か過ぎさり

無數の言葉の集積に過ぎない私の形影は出來あがつたようだ

人々は野菊のように私を見てくれることはない

もはや　言葉にたのむのはやめよう

眞に荒野と呼べる單純なひろがりを見わたすことなど出來ようはずもない

人間という文明物に火を貸してくれといつても

とうてい無駄なことだ

もしも歸ることが出來るならば

もうとうにくたびれはてた魂の中から丸太棒をさがしだして

荒海を横斷し　夜空に吊られた星々をかきわけて進む一本の櫂にけずりあげて

歸ろうよ

獅子やメダカが生身をよせあつてささやきあう

遠い天空へ

歸ろうよ

野良犬

やせこけ, ひん曲った, おれたちの音符
やせこけ, ひん曲った, おれたちの音符
横町を野良犬が淋しそうにはいかいする
おまえ
北京原人の大腿骨にむしゃぶりつきたいだろうなあ
おまえ
ゲッセマネの園でおすわりしたいだろうなあ
あめがしょぼしょぼおちてくる
まるめこまれた毒物がばたりばたりとおちてくる
横町を野良犬がくちをあけたままめぐるのだ
でっかい骨ないよーお
でっかい　あくびしてないよーお
ずらりとならぶ善良な家庭
品のよい猫がきちんと顔を洗つて
歯をみがく
こころをみがく
つめをはがして箱にいれる
酸素をたべてふーとふきだす
玄關, 玄關, 玄關, 玄關
むかしペストの虎があぐらをかいていた大草原
むかし金色のウナギが激闘していた三角州
玄關, 玄關, 玄關, 玄關
だれかがいつたとさ
鬼貫がいつたとさ

132

骸骨の上を粧うて花見かなとさ
野良犬がいやな顔してつぶやいた
骸骨だって盗まれちまったよ
なんだい
オーデコロンでなり立っているくせに
やせこけ, ひん曲った, おれたちの音符
やせこけ, ひん曲った, おれたちの音符
さあ
骸骨を亂造する季節じゃ
ペストの虎を描きあげて
その背に乗って
出立だ
でていくのだ
やせこけ, ひん曲った, おれたちの音符
やせこけ, ひん曲った, おれたちの音符
だれかがのめるように行く
革命が革命のあたまをかかえてしずみこんでいる貧民廣場　ヤキトリ屋
よぎり
去勢されたお豆腐のようにへたばり
勇氣百倍
亂れ飛ぶボロ新聞紙かきわけかきわけ
出てくるわ, 出てくるわ
大脳とキンタマのコラージュが
のどもとに
一本の横笛さしわたして
蟲に食われたつらの皮のすきまから前方をギョロギョロみつめ
ぺんき塗られたくらげのスタイル
おしめを握って泣きわめく

つぎはぎだらけの下腹部をプーイと突き出し
だれかが前進している

やせこけ, ひん曲った, おれたちの音符
やせこけ, ひん曲った, おれたちの音符
ああ　やけにひろい五線譜
ああ　地球は泥沼を鳴らす樂器か
おれはぐるぐるまわる
おれは鋭利なピンセットのようにあるく
やせこけ, ひん曲った, 音符をたばにして投げ
おれはぐるぐるまわる
道化の車輪がたえだえにギーギーとわたる
おれは地下を徘徊するひかりの破片
花のように散って行く純白の機械とランデブー
青春という非常時がからみにからみ
ひねくれた春がひねくれた夏をよぶ
おお　底の抜けた瀬戸物よ!
群集がどこからともなくあつまり
おれのしたたる鮮血をぺちゃぺちゃなめるのだ
おれのしもはんしん
からエホバが疾驅する
おまえの腕
青銅の腕よ!にょろにょろした腕よ!たれさがった腕よ!
まぼろしの異神のえり首ひっつかんで
アダムのあばら骨のなかに放りこんでしまえ
おれの仲間よ!
ひとたばの黄色い猿よ!
毛蟲にも劣る四肢をひたすらおりたたもうとする

134

おれの仲間よ!

返さねばならぬ負債を計算することだ

盗んでしまうべき負債を計算することだ

おれの仲間よ!

おれの血管の中の切り合いの音を聞け!

やせこけた音符を握りしめてよく聞け!

鮮血があらゆる骨を洗う音を聞け!

ポリ袋に入れた精蟲の中でさえも激戦だ!

おれの仲間よ!

おれたち, 仲間たちよ!

ついてこい

おれは

やわらかい肉の中から新しい勇氣をつかみだしてやる

やわらかい肉の中からさわやかなみずをつかみだしてやる

おまえらにぶちまけてやる

さあ

なみだの海をひと泳ぎだ

ひたひた, ひたひた, 言葉をたたけ

たたいて, 割って, あるけよ, あるけ

きりきり踊ってはしれはしれはしれ

おれたちのひん曲った音符に電流を!

でんりゅうだ!

やせこけ, ひん曲った, おれたちの音符

やせこけ, ひん曲った, おれたちの音符

でんりゅうだ!

草原へゆこう

すべてを愛そうとして壊滅する
日々の戦いの中で
おれの躍動への祈願は容易に腐落せず
感情の柱にそって芽をふき
きょうの宇宙の飢餓を悲しみ
ふたたび壊滅を孕んで船出する
羽根のはえた青い性の進撃
雛祭のにぎわい
おれのムシロ旗は
きょうの宇宙を誕生させる痛恨の狼煙
死んだ子馬の靈のように世界を駈けるか
世界はバラ色　なんで
絶望をたねに世界をゆすろうものか
男根は大蛇のように萎え
泥にまみれて
井戸端をのたうち
緑の門の前で優しく拒絶され
與えることの出來ぬ悲哀
愛と憎惡が肉の舟底で虚ろに燃え
片端の犬が平原をゆく
けれども　おれのこころ　瑠璃色の執念
窓から
荒馬や精靈たち
太陽の符

空とぶ小鳥たち

手まねきして　よぶが　飛んでこない

肉の柱はちりばめられず剝身のまま立つ

万物の半身よ

計算ちがいが充満する新鮮な夜をくれ

廣場へ

廣場へ

雛祭めいた草叢が奇蹟の叫び聲とともにひらけるか

女根よ　女根よ

洪水を恐れてなんで綠の門を堅く閉ざすのか

おまえの吐息はおれには荒鋼の刃

きょうの宇宙を建立する祭禮の晴着

おまえの憎惡は愛の宮殿にさかしまにたなびく帶なのだ

草原へゆこう

神經を跳びはねるカマキリを殺しに

オケラの歌聲ききに　肉の舟底にぶちわって

草原へゆこう

感情よ

おまえは黑豹のように優雅だ

くらい大地の繁みに馬鹿囃子の嵐をまきおこし

雛壇をとおって

ニューヨークを凌辱した

しかし

おまえは枯れてしまっている

手綱つけられ

ちっぽけな部屋の中で

時代の落陽に追いまくられている

感情よ　そんなザマだ　おまえは

草原へゆこう

廣場へ

廣場へ

未來はコワレタ懷中時計　だから

きょうの宇宙を創るために

大きな愛の散兵戰

金魚も

カブト蟲も

おれたちも

草原の中でうまれよう

みんなの桃色のこころはたてがみから焔を吹きだして いたるところで
十文字に裂けながら 創りだされてゆく

草原へゆこう

澁谷で夜明けまで

夏の一日
ぼくは
澁谷で
ポリネシアの戦士の歌を聞きながら
魂をやすめていた
オルペウス神統記にもあきて
書物はすべて放棄してしまった
ぼくの時計は柔かく變形してゆく
中世の城のような旅館が見えてきた
ああ
素晴らしい徴候だ!
この絶對温度に
乳房をちかづけてくれるな!
貴女にも
きっと
ぼくの姿は見えないだろう
無能だ!という聲に
振り返りもしないで
豪華なペルシャ猫のように世界を沈んでゆく
さあ
貴女とキスしよう
ぼくは動詞だけしか信用しない!
なんという
魂の不思議な膨張係數か!

グラマーな地下鐵の通過

新聞活字が陽光をさえぎる!

失業するぜ　失業するぜ

ふっと

まどろむと

欅竝木が滑走路をかこむ

懐かしい風景がよみがえる

ああ

巨大な横田基地よ!

ぼくの育った武藏野の雜木林の俤と蜉蝣たつ金屬的な滑走路が　なんと調和し ていることだろう

ツルゲーネフ風に夢を素足で歩いてみよう

パッカード ポニャック クライスラー

と歌にして覺えた

あの夕暮をだれが忘れようものか

ラッキー ストライクのように

鮮烈にやってきた

アメリカの青年たちにアイサツしよう

ぼくが愛した

あの兵士たちは

いまごろベトナムで戰っているのか

星條旗のように整列して

アッ

ボクハ日本刀ヲ握ッテイル!

ガム吐き出して

フレディーと一緒に歩いた砂川の風景を激しく憎惡する!

ああ　もっと抱いてよ

優しく大きな乳房の輪郭線で, ゴシック体のように眼を見開かないよ

うに……

　オンリー, スーベニール

　オンリー, スーベニール

魂に言葉の壓力がかかつてくる

夏のシーツに, 素肌に

都市全体が落雷となって集中する

貴女ワ家ニ歸リナサイ!

澀谷のホテルで

ぼくは

激しく亂れて

世界全体をゆるがしはじめる

貴女ワ家ニ歸リナサイ!

ああ純粹數學の復權だ!

ベッドの鐵わくにつかまれ

若駒が幾何學的な風にのって驅けてくる!

ああ心臟の戸口を銀色の手がたたく

全身, 海のようなミドリだ!

貴女ワ歸レ!

大時計はとまり, 空間がぐらっと傾斜する

うまれるぞ　船をこげ

日本ノ砂漠デ占星術ガ誕生スルノカ!

太極のマークが窓から亂入してくる

天上大風だ!

男根と男根の交叉!

見たこともない紋章が浮びあがつてくる

影像人間は分裂して

火山へ!

火山へ!

おお　エトナのエンペドクレースよ!

巻きあげられる感覺世界

なにが見えるか!

青い遊星

それとも

胎兒の眼の破裂か!

街角を曲る

幸福という文字

美しい鈴ならす廢品回收の人影か!

ああ　魂が破壊される!

よだれたらして

犬のように

ただもう放置されるだけだ

ダレカガ呼ンデイル

扉が激しく叩かれる

魂が破壊の神を呼んでいるのか!

青い青い斷片の

天國と地獄からの襲來!

立っていられない

言葉の橋が流出してしまう

しかし

筆は眞青になって失速してはならない

昨日の夜

今日の夜

明日の夜

筆は眞赤に輝いて進行する

それが

夜空を落下する流星の

筆のさだめだ!

太陽など問題外だ!

狂氣を彫る精神の勞働が，さまざまの記號の暗示を受けて決潰しただけだ!

おお　魂のリアリズム

三文判は會計係に返上しよう

菊の花を刺し通せ!

望みはなんだ

よし　おれを凌辱するがよい!

B・Gよ

冒險家よ

欲望はてしない靈魂の卑猥な一側面に

自らの肉を燒いて

祭壇に登る，神秘的な一筋を刻め!

食料を與えるつて

なにお

風の末裔となつて，桃色の五本の指を自ら食つて生きのびてやろう

ああ　法華子よ!

燒身自殺とは，太極に存在する虹の絢爛たる同心円だ!

オ時間デス　オ時間デス

去れ!　ひからびた女よ!

ボクハ日本刀ヲ握ッテイル!

肉体の花弁をひらく，素肌のあらゆる陰唇をぼくは自分でひらく

海のむこうから

〈ルイジアナで櫛の木が茂っている〉

という偉大な歌聲が聞えてくる

ホテルでも

夢の中でも

世界全体を感情のもっとも鋭敏な個所に集中して

シンバルを叩け

もう朝だ

初發電車が動き出した

しかしまだ

まるでオデッサの階段のように説明のつかない熱病がおれの首を巻いて荒れ狂っている

外界へ出る

たった一人で

全身にワイパーをつけて透視する

アレワ人間カ

自動車だ!

機械的な冷氣が頬をかすめて

やがて

太陽が東の空に昇ってくるころ

魂の熱氣はさめはじめる

癈人のように

沒落貴族のように

新しい朝の狂氣へ姿を消してゆく

カッカッと

ハイヒールの音が鳴り

一人通りすぎてゆく

ああ

ぼくは

朝鮮人みたいに泣きたいなあ

振り返ってはいけない

曲れ! 直角に, 鋭く, 覺悟をきめて

新しいイメージの狩人よ
沈黙の歌人よ
風よ
風よ
ある夏の一日
これらは
澁谷で眞實おこった事なのだ

渚にて

澁谷を
黄金の笹舟が靜かに漂流している
悲しい
渚だ

ここでぼくが歌いだせば凄まじい高音が飛びちる!
渚, 女の美しい名前でもある渚, その見事な曲線を象徴として
歌を封鎖する
美しいものに憧れる力を否定する
ここに空白あり
東急ビルの下からそそりたつ一瞬である
澁谷, 地獄であろうか, 天國であろうか, ぼくは了解していない
過去は凍結!
未來は空白!
しかしぼくは輝かしい雲の表情に靈感をあたえられて書きだしはじめた
道はない!
白紙
耳が舞う!
白紙が衝突する
全面衝突し, ふわっと浮んだ, 全貌を書く
たかが, 宇宙も知らぬ全貌を書く, 宇宙?! 家じゃないか, または豚!

渚!
靈感バラバラに破壊してやる!

たとえ

澁谷であろうと

どこであろうと

地獄であろうと, 道なき道の神像であろうと

一頁に書きとめられたよだれたらすような讃歌であろうと

ガーッと疾駆する古代的なオートバイであろうと

全身の耳を斬りおとして地をゆく蛇であろうと

いつまでも忘れもののようにくっついてくるあの老齢の月であろうと

たかだか一滴の点滴された海の, 海のような両眼であろうと

青色であろうが, 黄色であろうが, 薄紅色であろうが, 藤色であろうが

たかだか, もう嘘がいえぬと悟った精神の薄暗い個室であろうと

嘘をいおうと, 嘘をいうまいと, 早晩うなりを生じて肉にくいこむであろう

この魔の空間の, 焔が氣化して動物を描寫する, この魔の空間の

扉をあけっぱなしにしておいて, 凄絶な裸体観を一度くらい記憶しておくがよい!

巨大なブレーキ音とともに岩石裂開すれば, 人間がキョロキョロ, 一人出てくる!

おお　急速に分裂する, 急速に分裂して, 急いで万物は純粋性に向う! 人間が邪魔だ!

人間が靈柩, 黄金の自動車を創った! 内部はなんという斬新な板張りだ

燃えろ, 燃えろ, 燃えろ, 白紙をのこして

ここは, たったひとつ残った, 悲しい, 渚だ

ここから

看板が長廣舌をふるって人間の恐しい悪意を暗示しているのをみる

流れ過ぎるものはなにもない! ヘラクレイトスは狂っている! 古代の迷忘だ!

澁谷こそ最大の谷であって, 死の巨影が日々投ぜられる恐るべき谷で

あって

　死骸累々とつみかさなり, あるいは燃えるようなスカーフ, 大歯車に襲われつつある群衆であって,

　東急ビルをカパネウスは登りつつあるのだ!

　雷鳴はふたたび恐るべき生氣をとりもどして感覺の中核を打つ

　ぼくなら感覺体たる０の球を飢餓で武装するが, さらに内部の大蛸が恐しい!

　バスの一群の明らかなる狂氣, ぞろぞろ毎日を走りまわる, 恐るべき死の谷から

　道をこえ, 山岳をこえ, 血のにじみだしつつあるアスファルトの貌を踏み, 跳躍する銀色の犬の影像をつけて走る, 古代の溶岩流のように

　ああ　人間, 不吉なる生物, だれでも死にいそぐ條件はさらに増大するであろう

　激しく鞭打て, 激しく鞭打て, 激しく鞭打て

　影だ, 言葉の影だ!

　すべて影, 影を凝視すれば不思議に自然の形態に似かよっているのは何故か

　何故か, ゾッとする自動車の兩眼の輝き, ダッシュボードの肌ざわり

　そう, 恐しく腐敗した花の中心に我々は生活を置いているのである

　その中心で一瞬高熱溶解する快感あり, 爆彈の中心は藤色に感覺され, 眼をそっとなめてみる!

　我々は血のなかの性感にどっぷりつかって全身を震動させているのか!

　山もなければ海もない, 姿なき魔の等高線が鞭のように眼前に浮んでは消え

　天國よ, 地獄よ, 天國よ, 地獄よ

　この絶叫では駄目だ, 魔力が吸いこむ!

　おお　あそこの, 花屋は恐しい, 狂ってしまいそうな自然だ!

　とまれ! 自由, 大蛸のようなテロル, 深海をみた, 海底でどうして首吊

りの木をさがして歩くか

父親, 母親, さらにつづく星, 星, 星

道に耳無し

直線的に一列に寝ちまった人類の最後列にくっつくのも自由だ!

走れ

いや, 急速に分裂し, 急速回轉する巨大な自我の龍巻が雷鳴をよじのぼる!

どこであろうと, 地獄であろうと, 天國であろうと, 澁谷であろうと

不意に感嘆し, 戀しはじめる怪物のような心がさらに恐しい

バスよ, オートバイよ, 電車よ, 列車よ

立ちあがれ, 全ての動力, エネルギー

恐るべき高みへ, 立ちあがれ

走れ

そう, ピタゴラスは〈わたしの言葉は, さらに大海にのりだし, 満帆に風をうけて疾走する〉と語るが, ちいさな海だ!

むしろ渚, 凍結した曲線を, 大氷河をゲタばきで疾驅する!

言葉を鞭打て, 花を鞭打て, 影を鞭打って

純白, 自由, 狂氣, 反抗よりももっと白々しい白痴者の表情へ, 哄笑へ, 哄笑へ

ウワッと爆裂する原子爆彈の, ワッと裂開する坊主頭の, ツルリとした白痴!

魔の空間を開け!

おお大蛸, あるいは巨大な花, あるいは鏡瘋癲!

人間の顔を壁にうめる! 空間がとじる

そう

渚がとじる

太陽が縮む

歯ブラシが突き出る!

渚がさらにとじる

悲し，脳髄

もう

青と白の衝突する渚を封鎖せよ

針穴の，彼方の，魔の空よ

さらにぼくは，おまえを抱きかかえるようにして宇宙の裏側へ大きく右手をのばして書きつづけるが

さらに

澁谷をすぎ

恐るべき澁谷をすぎ，澁谷をすぎ

突然

夏の

大道に立っていたのであった

田んぼの一本道じゃああるまいし，またなんたる爆音，赤いシャツきた百姓め！

疾走詩篇

ぼくの眼は千の黒点に裂けてしまえ
古代の彫刻家よ
魂の完全浮遊の熱望する, この聲の根源を保證せよ
ぼくの宇宙は命令形で武装した
この內面から湧きあがる聲よ
枕言葉の無限に岩バシル連禱のように
梓弓, オシテ狂氣を蒸發せしめる
無類の推力を神ナシに保證せよ
容器は花の群衆の
そのもっとも濡れた中点を愛しもしよう

ああ
眼はもともと數百億の眼に分裂して構成されていたのに
そしてそれぞれの見方があって
半數には闇が繁茂し, 半數には女陰が繁茂し, 半數には海が繁茂し, 半
數には死が繁茂し, すべての門に廢墟の光景が暗示され, すべての眼が
一擧に叫びはじめる一瞬を我々は忘却した
なぜ!
そのゆえに詩篇の行間に血が点線をひいてしたたる
この夜
ああ
鏡にうつる素顔に黄金の劍がせまる
性器も裂けよ, 頭腦も裂けよ
夜も裂けよ

素顔も裂けよ

黄金の剣も裂けよ

この歌も破裂航海船, 海という容器もない

文明も裂けよ

文明は地獄の印刷所のように次々に闇の切札を印刷するが, それは太陽の断片であって, 毒蛇の棲む井戸であって, 虎の疾走であって, 自然のなまぐさい香氣によって權勢をふるっていることをぼくは知っている

男大蛇が月を巻く, まさに虚空!

光も裂けよ

光, 影像人間の幻想に關する魔術的予言にも, その中心に光に對する深い狂測が發見される

ああ

ぼくの眼は千の黒点に裂けてしまえ

ぼくの眼は千の性器に裂けて浮游せよ

円球内で肉を食うタマシイ

このとき

出口を失って世界が腐りはじめている

眼の回轉

夢の墜落

ふたたび

眼の回轉

朝だ!

走れ

窓際に走りよると

この二階の下に潮が滿ちてきている

岩バシル

影ハシル, このトーキョー

精神走る

走る! 悲鳴の系統

この地獄

新宿から神田へ

ぼくは正確に告白するが

この原稿用紙も外氣にふれるとたちまち燃えあがってしまう

〈青ノ容器〉＝櫻ガ散ル，下北澤!

貝類の論理が頭上を通過する

〈海の斷片〉がぼくをひっぱる，首綱つけて

ぼく濡れた飛火の原罪，珈琲皿のへりで燃える

月の内部を徘徊するその速度が痛い

ああ

金色球場をオーバーラン

貨幣の中心を破って顔を出すと幣の風が激しい

走る

言葉はぼくを殘して行ってしまう

嚙みついたまま蒸發する鰐が早朝のイマージュだ

いま東北旅行から歸ってきて

闇をぬって

朝に立った

下北澤の火器の階段をおりる

走る

凝視する白いビンの森を疾走する

左手に彫刻刀三本，うち輝く一本を自殺用と意志する

ああ

言葉袋はひとりでに裂け

通行人を驚かす

なんという

神の印璽は，飛ぶ鳥の

女神の小便をぼくは茫然と見た，聖なる新宿の新式の迷路で

ふと

涙ぐんで長安をおもい

唐詩をくちずさむ

珊瑚ノ鞭ヲ遺却スレバ，白馬驕リテ行カズ

章台楊柳ヲ折ル，春日路傍ノ情

走る!

それが黄金の便器に人生の大半を吐瀉する，壮大なスクリーン

走る

經驗や感受のためでなく

また

メルシュトレエムの渦卷にのまれるためでなく

曲射砲の砲彈に爆死する

そんな希いは校正せよ! 星のしるしに

走る

悲鳴の系統圖

影ハシル，このトーキョー

精神ハシル

岩バシル

走ル

青の破滅

おお　狂氣は永遠にひた走る，文明にあとおしされて，笑いながら，泣
きながら

青の破滅

本能的臀部ハタダ卑猥

映畫館ハ古代ノ靜寂ヲ保存スル

いつしか

ぼくの乗る想像の馬は

想像も馬も裂けて別々に走っている

燃えろ! 分裂魔術疾走律

燃えろ! 快樂狂氣淵少女, クチビル

燃えろ! 太陽ヲマワス劣惡棍棒!

神, 燃えろ, ほら眼のまえに, 皮膚ガソリン!

しかし何故か説明のつかない推力が背後にあって

この疾走(遁走?)

街角で日記帖をひらくと

次のような一章

「雨の否定, 風の否定, 朝の否定, 見る否定, 書く否定, 生きる否定, 哲學の否定, 自殺の否定, 神秘の否定, 宇宙の律動の否定, 音樂の極点に棲む青い衣裝をつけた美しい少女の否定, 思考と行動の完璧な一致を熱望する魂の, 意志の, 生活の, 生成の, 絶對の, 魔術の,」……

否定の括弧がかき消えて

突然, 否定の鏡面へ, 渚, 打ちかえす波のように振りかえる, ぼくの顔

貴女の花模様のスカートが太腿にまつわる

街角で

濡れて通るゼノンの矢を追いこしたぞ

ああ

日記もすててしまおう

ああ

地獄の印刷所では終末は誤植される, まあ終電ぐらい

なんで

この生命の急上昇

街角の一瞬の崩壊

ぼく, 歌, 中空に浮かぶ?

またふり返る

飛來する言葉は幻の水滴, ここ神田から二分, まるで渾沌鳥の舞いこ
んだ緑の納骨堂のようだ, ここは
　ぼくはどうやって信じたらよいのか
　まちがいというまちがいがぼくにふりそそいで
　ああ, 眼ばかりではなく耳も腕も自由も
　バベルの塔も, 薬師寺の塔も裂けてしまえ
　この都市も
　それが避けがたい運命なのだ
　疑いなく一つの狂氣詩篇が我々を襲っている
　中央アジアを一人で旅したい
　そんな夢もたちまち消えて
　言葉の突端から波打ちだして, ゆらぐ肉体の中心が傷ひらくように,
痛恨をこめてまなざしをかえす
　運命は永遠の狂氣の門をひらく
　ここは明るい!
　街角または
　ワクのはずれた一篇のロマン
　濡ればしる, 赤 バガボンド
　魂ハシル
　ああ
　影ハシル, このトーキョー
　地下鐵はこの爛漫の春, 樹皮からふくらはぎを出す
　この
　我々にとって運命的な
　變身譚をイマージュにかえる必要はない
　おお
　名づけられないもの
　みえないもの

影ハシル，我々を
火星の極冠のように白くつつむ
街角のむこうに
霞にとざされているが
もしや
貌！氣配が
ア——

青のモノローグ
卑金屬猥雑劇は完了した
家路につくぼくの胸中に
崇高性が靜かに回復してくる
都市よ
きみはきみの秘教を守るべきである
ここに
ふたたび
太陽は復活してはならない
ここに記録した
悲鳴の系統圖はやがてみずから燃えるであろう
すべてを愛して
さらに千の黒点に裂けて

瑗

母らしい人影が子に
　　"縄の目をつけておくのよ
　　　　月に戻って行かないように"と
話しかけている

天狼星の聲
　　"薄霜を遊ばせよう, しろく
　　　　柵は地下にとけて行くのだよ"

樹があれば樹, 環状列石のそばをかけ廻ってたの?
　　美しい名の, 尾はまだ峡にうかぶ

乗物
搖籃を傾け, 中央高速道路, 雙葉S.A.に
　　さしかかったとき
藤の囁く聲だ, 幽かに, 聞こえて來たのは姉山の聲た

"スロープに縄目をつけておくのよ"

　　　　石いくつ?"

　　"八つ

(色物の)

　(色物の)幽かな匂い
籠に忘れられた
ソックスたち

丸窓の乾燥機, 五, 六台の洗濯機
　(何處から來たのか)
　コインが入ると
部屋の片隅, 水の精がすつくと立ちあがる
　(何處から入って來たのか)

　(色物の)

葉に咬む阿修羅に連れられて

　　首を
　　傾け,

　　　膝を
　　折り,

鬼百合の
　　(を包んだ, 古新聞を)

葉肉
　　(を包んだ, 古新聞を)

　蜜蜂ども, 路上ノ小山を造つて行く, 蝶々を
　　(を包んだ, 古新聞を)

　囁き聲, を追つている, 遊星, の朝だ
　　(を包んだ, 古新聞を)

　宇宙, 赤壁に, 猿!
　　(を包んだ, 古新聞を)

　葉に咬む阿修羅に連れられて山へと行つた

　心臓下の崖, それは深い, 深い, 塔だ

（を包んだ，古新聞を）

　　首を
　　傾け，

　　　膝を
　　折り，

葉に咬む阿修羅に連れられて山へと行った

結界の磁力の微力な遊星は離れた
　　（を包んだ，古新聞を）

夕燒けを日輪にそっと戻した
　　（を包んだ，古新聞を）

環狀列石の一本，を太腿は
　　（を包んだ，古新聞を）

兎の目，栗鼠の尻，神遊び
　　（を包んだ，古新聞を）

谷間の綠り
　　（を包んだ，古新聞を）

子供大供岩根に坐して祈る哉
　　（を包んだ，古新聞を）

談合に追いつめられし乙女達
　　　（を包んだ, 古新聞を）

その膝をもて異の子を撃ちや
　　　（を包んだ, 古新聞を）

　　首を
　　傾け,

　　　膝を
　　折り,

　　夢の
　, 奥
　　　下々路を歩いて行つた

　　首を
　　傾け,

　　　膝を
　　折り,

葉に咬む阿修羅に連れられて

葉に咬む阿修羅に連れられて

　　首を
　　傾け,

膝を
折り，

世田ケ谷ノ繁ミの奥へ

世田ケ谷ノ, 闇ノ奥ニ, 小ダカイ, 丘, 女神ノ墓ノ, ヨウナ, 塚ガアリ, 小塚ガアリ, 世田ケ谷ノ, 繁ミノ, 奥ヘ, 夜ニ, ナルト, ボクハ, 歩イテ, 行ク, ノ, ダッタ.

楚楚トシタ姿, 細身デ竝ブ, 欅サン達ハ, 冬ニナッテ, (アタラシイ書籍ノ)背ラ薄クシテ, 立チ竝ブ. サンソン, サン.

座礁シタ, 木造母船ノ, 聲ガ響イタ.
貝類ヤ水藻ノ妹子ガ寄ッテ來テロ々ニ叫ブ, "ケッタイナ, 結界ダ! ケッタイナ, 結界ダ!"

ふえにきあノ水夫達モ, ロ々ニ, 叫ンダ, "ケッタイナ, 結界だ! ケッタイナ, 結界だ!"

楚楚トシタ, 姿, 細身デ竝ブ, サンソン, サン. 其處ハ, 角, デハナイ, 操車場, デハナイ, 其處ノ, 一室ニ, モデルヤ, 女優ノ人達ガ, 幾人, カ來テ, 髪ヲ, 結フ.
　結髪サン? 下北澤ニハ, 映畫ノ, 方々ヤ, 劇團ノ, 方々ガ, 多ク, イラレテ, 結髪サン?

　　　　　　コノ櫛ラ, モット深クニ, 入レテ, 下サイ. (コレハ, 背ニ, 幽カナ,

　　　　　細ミヲ, ミセル, 世田　谷ノ, 樹々ノ, 聲).
　　　　　コノ櫛ラ, モット, 深クニ, 入レ.

アワシマノ, 粟嶋ノ, 毛深カイ, シマ, ニ, ヤッテ來ル, トキ, ワタシハ, カ
ミノ, 秘密ヲ, カイマミル. 新シイ, モデル, 女優ノ, 産室ノ, 潮風ニ, 赤銅
ニナリ, 流レツイタ, シマデ, アル. マダ, 生キテ, イル. ウニ, ウニ.

                                        アア, 結髪サン, 結髪サン.

映畫ノ, 柵ノ, 竝ビノ, 踏切リノ, 處マデ, 行ッテミタイ, ト, 電柱タチガ,
話ヲシテ, イル. 樹間ニ, ト, 絶エタ, 息モアリ, 雪ニ, ウ, モレタ, シン
ゴーキ, モ, アッタ.
ユキワ, ココロノホネナノ. (血ヲ, 少シダケシカ, ナガシタ, コトノ, ナイ,
コレハ, ウサギノ, 聲デエアル). クッテ　　ミロ.

世田ケ谷の, 闇の奥に, 女神の塚があり, 世田ケ谷の, 繁みの奥へ, 夜に
なると, ぼくは, 歩いて, 行くのだった.

　ボンボン,

　ボンボン.

(若林奮)武藏野の部屋に

鐵ノ結界, 樹ノ産出

　　　〈白色の扉!〉
　　──私達, 部屋に入つて行く者ではない, 私達は部屋から出て來た
者である──
　　　──私達, 剝がれおちた白いペンキの一頁を讀む樹木生成の朝──
　　　錆びついた, アジアの最暗黑部に, 封じ込められた
　　　　　眞紅の聲の舟, 島影の犬達よ!

　　大氣中に, 若き桂!

　　鐵, 啞の王!

166

予感と灰の木

《明るい部屋はありますか》
《明るい部屋はありますか》

夕暮
解体車は去つた

殘された前の家, 撒かれた水に聲が映つていた
小聲と小聲, 細かい根のように聲は抱き合つて
骨の環と骨の環と, 樹上生活の景色が入つて來た
遙か, 水上の環を追つて, 泳いで行つた, フカは小骨だ

三菱の標, 聳える教會に似て, 土木機械は會館を, 破壊した
崖《がけ》, 苺《いちご》と
細い聲が殘つて居て, 氣がつくと, 村の小學校(ミッション・スクール
の), 拜島の庭の蛇, 其の蛇の聲
優しい日の射すある日の午後, 私は古くなつたアパートの
解体工事を, 木製のモンに兩肱をついて眺めていた

シャベルと呼ぶのだろうか, その土木機器が(低騒音形, 三菱, と記さ
れていて成程しづかだ)トリが巣作りの枝か葉をくわえてムネをはるよ
うに, (それ程, 古疊という程ではない)タタミを五枚六枚, はさんで空に
あげて行つた. 二階建て, 二十室以上はあるだろう, 解体されているのは,
大きな木造アパート.
　こまかな塵の立つのを防ぐ撒水(のホース)が, 春の日, 水芸を見るようだ

シャベルが尖塔のように聳え, それにつれて, 視界は上空に昇り,
奥に, 二階の白いカベが現われた, その時, 私は, 立ち昇って來る, 幽かな
聲を聞いていた.

　崖《がけ》, 苺《いちご》
　細い聲が殘って居て, 氣がつくと, 村の小學校(ミッション・スクール
の), 拜島の庭の蛇, 其の蛇の聲

　大きな木造アパートは, 二日間で壞された. シャ(ョ)ベルは圍いのなか
で若樹のように立ち. ひと振りで二階の一室はおちる. 古い家の解　工
事をみて 蛇の聲 を聞くのは, 幻聽ではない.
　村の小學校(ミッション・スクールの學校)が, 拜島とよぶ處にあって,
小學生の《私》は, 其の庭で《蛇》を追っている. 洗禮の儀式を受けた.

　包帶, 新聞紙, 圍いは幾時とりはらわれたのか, 少し冷たく成って, カ
ゼが吹いていった.

　三菱の標, 聳える教會に似て, 土木機械は會館を破壞した
　崖《がけ》, 苺《いちご》と
　細い聲が殘って居て, 氣がつくと, 拜島の庭の蛇, 其の蛇の聲
　優しい

　拜島のヘビよ, 胚柴, 蠅濕婆, 廢萊草よ
　拜島のヘビよ, 胚柴, 蠅濕婆, 廢萊草よ

　崖《がけ》, 苺《いちご》, 崖《がけ》, 苺《いちご》
　血は多摩川に流れ, 《私》はその血をのんだ者だ
　河口は罅割れた, 幾筋か, その血と中指を, 地下に入れる

168

夕闇, しづかに成って, 工事は終り
出て見ると, シャベルは濡れたクビをたれ
傍に, 母親のような大型が居て, 一夜を眠る

時の根をしづかに濡らせ
緑の家の, 木製の椅子を, しづかに濡らせ
誘拐者の首を見る者
よし, その家に行く

時の根をしづかに濡らせ
《蛇の聲》, 白い肉を喰む
骨の環と骨の環と, 洞窟生活のひかりが謝して來て
よし, その家に行く

その家に行く

言葉に誘い出されて, 夜更けに私は外に出ていた. もはや夢遊病者とも, あくがれて出る魂ということもない.

柔かい貝, 白い帆の記憶
《この遊星も惡くはない》

ヒルは姿がみえなかった, 灰の木が, あれ, 木蔭で泣いている

　次の日
　曇り日

よし
その家に行く

ロサンヘレス

鐘ガナリハジメ風ガフイタ.

　ロサンヘレスニ, ヤッテ來テタ, ロサンヘレスノ敎會ニ, 入ッテ行ッ
タ. ホカニ, 行ク所ガナイノダカラ. 竹馬ニ乘ッテ來レバヨカッタ? 冷
藏庫ガジャマヲシタッテ?

　細身ガ合掌ヲスル, 雪ガ少シ, 降ッテ來テイタ.

　敎會ノ(アスフアルトノ)中庭ヲ, 枯葉ハカラコロ步イテ行ッタ. スペ
イン語? 友達? 二人, 三人, 家族, 大勢ノ家族, 一人, ノワタシワ敎會
ニ, 來タ.

　ダレ? 畵家? 其處デ, スケッチヲシテイル, ノワ? 枯葉ノ舞フオト
ト, スペイン語ガマジッテ美シイ.
神ガ木蔭ニ居テ, 彼の(彼女の?)ココロガ映ル, フシギナ日.

　何處カデソレガ判ッテイル, 思ウコトガ宇宙ヲ支ヘテイルト, 神ハ木蔭
ノソバ ニイテ知ッテイタ.

　木蓮は竝んで囁き, 一人は木蓮の匂ひから離れて行つた.

　枯葉ノ舞フオトトスペイン語ガマジッテ美シイ.

　「牡牛がなく
　　牡牛がなく

牛がなく」

品川はるさん, 昨日, 東京を出る日に讀んでいた, 貴方の詩集がいい.
　　(神ガ木蔭ニ居テ, 彼の(彼女の?)ココロガ映ル, フシギナ日.)

　ジーンズノ若者ノ三, 四人, 美シイ壁, 祭壇ニ, 影ヲ持ッテ來テ搖レテ
居タ.

　　鐘ガナリハジメタ, 風ガフイタ.

　　「牡牛がなく
　　　牡牛がなく

　　　牛がなく」
　　　　　　　　　　　　　　(詩篇/品川はるさん)

　　ロサンヘレスノ敎會ノ, (アスファルトノ?)中庭ノ, ベンチニ坐ッテ, 柱
ノ蔭ニ住ムノワ, ワタシ. (誰ノ聲?)誰ノ言葉? 沈默スル, 美シイ夜店. 眺メ
テ居ル, 住ムノク, 駐車場脇ノ木造二階建テノ, 家ノ, 三, 四歳ノ, 女ノ子?

細身ガ合掌スル, 雪ガ少シ, 降ッテ來テタ.

ワタクシハ, 祭壇(花壇?)迄, 中庭ヲ辿ッテ, 樹ノ根ニ, 届ク, ノダロウカ?

十字(架)ヲ, 身ニ彫ル? 空ニ彫ル? 仕様モナクネ, ワタクシハ, 膝ヲ台
木ニツケテ, 圖像ヲ, ミツメテイタ.

響キヲシズカニキイテイタ.

　　　（ヒザマヅク?）

枯葉ノ, 舞ヒ, ニツヅイテ, 子供達ノ聲ガ來テ, 足音ガ, 消ヘタ.
イマゴロ, チョコレート色ノ電車ハ, 青梅ヲ, 走ッテ居ル?

丘の繁み――, 10から0までかぞえて, 其處まで行った日.
幼魚九匹?　心の隈に映しきれず.

ああ狂ほしい狂ほしい
木蓮は竝んで　き, 一人は木蓮の匂ひから離れて行った.

しゅ, ろ.
いま其の巨樹が離れて行く. 言葉を離す.

細樹が合掌する, 雪が少し, 降っていた
　（アンサ ホンハ?）

木蓮は
囁き
木蓮の
匂い
から
離れた
ラジオね
夕闇の
下
幼魚九匹があたらしいチームを作って遊んでいる

木蓮の

匂い

から

離れた

ラジオね

夕闇の

下

幼魚九匹があたらしいチームを作って遊んでいる

木蓮の

匂い

から

離れて

行つた

響キヲシズカニキイテイタ.

イッシンニ, スケッチヲシテイタ, エル エルノ姿ガ, 柱ノ蔭ニ, 現レテ居タ,

誰?

誰デモナイ.

フォーサイクル, ハサイクル?

入レテモラエズ, 入ッテモナラヌ門ヲ, 枯葉ノ舞ウ響キニ誘ワレテ入門

ヲシタ.

フォーサイクル, ハサイクル

響キガ佳イ.

　ブエナノーチェ

ブエナノーチェ

學校ニ, 入ッテ行ッテ, 教會ヲサガシタ. ワヲ作ッテ, 花ヲサガシタ.
木箱ノ隅ノ, モモノ匂イ.
美シイ桃ガシッカリトケテ行ッタ.

木蔭, バス停, 幾人もの人の影.
バスも來ると木蔭に消える.
誰だろう.
　(ラファエルロ?)

　ブエナノーチェ.
　鐘ガナリハジメタ, 風ガフイタ.
　黄金ノ町, ロスアン, ヘレスノ,
　クワトロ, セイス?
　アマリオスダ

　「牡牛がなく
　　　牡牛がなく

　　　　牛がなく」

泣けよ

青森
　ロサンヘレスだ

木浦，—本當は，木浦までも歩いて行きたかった

かぜもないのに
"赤子のあたまの上の甘いチャイムのような音"がして
かぜもないのに，わたしは目を覺ましていた
海道の，……　（そうか，……）
濟州道のホテル(オリエンタル)も，わたくしも，
　　　　　　　目を覺まして
　　　　　　　　　　居たのかも
　　　　　　　　　　　　知れなかった……
　　　　　詩が目を覺まさなければ
　　　　　　　　　　目を覺まさな
　　　　　　　　　　　　かつたのかも
　　　　　　　　　　　　　　知れなかった
それは心の天に殘された奇蹟的なもの
茅葺の丸屋根の低く可愛いゝ古い"お家には，
電氣がきているのですか，……"と，たずねた，わたしの聲の
それは"答"であつたのかも知れなかった
　　　　詩が目を覺まさなければ
　　　　　　　　わたしは
　　　　　　　　　　目を覺ま
　　　　　　　　　　　　さなかつた

"火爪"や"馬の鼻面"！　そんな　いは，"ぶるゝゝつ……"
　　　　　　　　　　わたしの夢の

176

空にはないのだけれども
心の上空に,
それを盗み出すことは
　　　　出來る, ……."盜ム"こと
　　　　　　　が出來る, ……."盜ミ出ス"
　　　　　　　ことが出來る."盜ム"こと,
　　　　　　　　　　"盜ミ""出ス"こと, ……
"プラスティックの甘いチャイム"が
「妖精」の目の幽かな靜けさのなかで鳴っていた?
　　　　　　　　　　"宋朝体?"……
もう, 途絶えて

　　　　　　　　　　　　　　　　行つて
　　　　　　　　　　　　　　　　聞こえ
　　　　　　　　　　　　　　ないけれども, この
　　　　　　　　　　　　　　　「途／絶」
　　　　　　　　　　　　　　をたどらな
　　　　　　　　　　　　　　ければ, わ
　　　　　　　　　　　　　たしは生きて行け
　　　　　　　　　　　　　　　そう
　　　　　　　　　　　　　　　　に,
　　　　　　　　　　　　　　　　ない

"途絶えている音樂"が聞きたい
"道"がその"音樂"であったのかも知れなかった
"濟州道"がその"音樂"であったのかも知れなかった
濟州道民俗自然史博物館でみた
"ユッノリ／ユッ遊び／Playing Yut"の
なんだろう「Yu」, この「ユ」の
靜けさは, ……

177

あれは, 不思議な"文字遊び"ではなかったのだろうか
平穏な波頭に小さな獸骨を, 投げて, 吉兆を占っている男たち
いや, じっと, 平かな海の姿を, じーっとみている男たちの
瞳のすゞしさに從って, わたしの心も"ゴロンと覆る"……
呼吸が聞こえて來ていた
成田で購い求めた, 「ブルーガイド, ひとり旅, これで十分, 韓國語會話」(一, 二00円)で
一言, 覺えた「失禮します」の發音を, たのしんでいた

ニュースがつまらない, (上を下に, ……)古いニュースが見られないかしら, ……
"栗鼠が一匹殘って居て, わたしの心を判ってくれる"……
そんなことはもうなくっていい
そんなことはもうなくっていい

"ユッノリ, ユッノリ, Yu, 遊び, ……"
「妖精」との會話は, もう, 一瞬にして成就した, とわたしは感じていた
だから, もう
「骨」の한글も知りたかったが,
ウェイトレスさんに聞きそびれてしまった

チャイムが鳴っていた
俯いて
行くのでもないのに呟燒いていた, ―"牛島は, どちらでしょうか, ……"と
Ile of Ski―(石積ミが似ているので)ゲール語の詩人が, 不圖
　　　　　　　　　　　　呟燒いたように
　　　　　　　　　　　　　　感じられた

178

海女さんと出逢つての海邊のこれは幻影でした
二, 三歳のときの記憶, ……
(昭和十六, 七年だ, ……ンだ!)
東京の阿佐ケ谷の路上を,

    けて

      いた,

        死人々

(三, 四人の, ……)

あそこも魚店さんの店頭だつたのかも知れない, ……
濃い匂いの古い屋敷と薄い匂いの古い屋敷が二軒竝んでわたしのなか
にある
濡衣の海女さんがその"入口への細道"を上つて來ていた

急ぐでもなく, ユックリでもなく,
海女たちが, この"入口の細道"を通り過ぎて行く
見たことはないけれども, フネについて來て
フネのまわりで遊ぶのだという, "マイルカ"に, その姿は似ていた

古い屋敷が二つ, 海底にも竝んであつて,
濃いのと薄いのと, その匂いの「入口の細道」に
海女さん方は, 入つて行つたのかも知れなかつた
わたしは, 心が靜かになつた
海邊に"海底の印象"を殘す, 積まれた小石の數々, ……
海邊に"海底の印象"を殘す, 積まれた數々の小石, ……

この
「靜けさ」は

“何だったのでしょう, ……”
　　　“ゼエモクブネよ

　　　　　　(對馬で, 出逢つた, ……)

　　　　　　　　ゼエモクブネよ”

　　　　　　　　　　わたしは

　　　　　　　　　　とうとう

　　　　　　　　　　　　　その

“ゼエモクブネ, ……,”こゝろを上下に平かにした

本當は, 木浦までも歩いて行きたかつた!

深い秋の夜の蟲の音を聞きながらわたくしは考えていた
夕暮れに, あんなに騒がしかった小鳥たちが, 寝靜まって居るのが不思
　議だ——鳥たちのねむりのなかで, わたしたちも
産毛の側の優しい金色のかげの幽靈ならば,
靜かにしよう

金色の古鶏の古徑の途中のかすかな鈴懸, ……
人には幻想の道を辿る力があつたから, 動物たちは, 人に道をあけた
　のではないだろうか……
あの「小鳥たち」は何處に行つたのだろう
尾ッポの美しい鶴の姿を眞似たアイヌの古老の姿は……
わたしの嘴も少し汚れている
古い佳い心と, 古き佳き心が, 裂けて, 飛ぶ, 二つになつて, ……

木浦!
本當は, 木浦までも歩いて行きたかつた!

（春の漲水御嶽, ……）

川は川と, もう出逢うことが, なくてもいゝ, ……
銅版畫は銅版畫の(˝繁み˝, ……)の下
かゞみを窺う豹は永遠の斑, ……雜りの, ……˝薄/雜り˝色の(春の漲
水御嶽, ……)˝この水の匂(にほ)ひは何處から來ているのだろう, 止
籬たちも居ない, 靜かだ, そうだ! 垣內と垣外の境がない, 羽衣を濡れ
たま囁, 低い垣根に˝穗下, ……のは, わたし, ……˝
と宇美の精が來て囁いた
その˝旧/倍˝オンが, うつくしい, ……

復, 初夏に來て, 泊る宿は「うるま莊」, ……
乘って來て, 自轉車を, 御嶽に立て懸ける, ……
それが生涯の, ユメだったような氣もするのだけれども
湯目のようにはかない. 梅(白梅?)ノ目のようにはかない
でもね, ˝小千谷˝と「道玄坂/澁谷」が似ているように
……, 夏の日に, 「うるま莊」の坂路を
自轉車に乘って, ボーシを被リ, ……
刺青と肌(ト縫フ手)は, 海境/造成ていた

（春の漲水御嶽, ……）
トリよ, 止籬たち
飛, 止, 止リたちよ
˝浮名, 名彈, ……˝
（下水工事中だったけれども, ……）

(春の漲水御嶽,……)を
飛, 止, トリたちよ

もう，一本の樹木もいらない
──ジョナス メカスさんへの手紙

"もう，
一本の樹木もいらない……"
そう呟いたのは
わたしたちの口に生えはじめた
「野茨」の聲だった
のかも知れません

メカスさん（あるいはリトアニア語でミャーカスさん）
ソーホーの
ウースター通り八十番地の
神樹は
きょうも紐育のかぜに戦いでいるのでしょうか
そう思いますと
心の奥から耳が聳えたってわたしの心にやわらかく
そびえるような氣がいたします

"生まれた土地にそのま
　　　生きているだけでは，
　　　　　ひとはたゞの植物にすぎません"

"生まれた環境から離れてジャンプしなければなりません"

それは心や身体にはいたいけれどそのいたさが
あたらしいわたしの古里かも知れませんね

"もう,
一本の樹木もいらない, ……"
そう呟いたのは
わたしたちの心が
育てようとしている苦さ, あまさ
果實の妖精だったのでしょう

メカスさん, ─貴方の口から
(古い古いリトアニアの言葉なのでしょう, ……)

"苺, ……/いちご"
という響を聞いたときから
古い果實の妖精は確實にわたしのなかに棲みつきました

その證據に
"荷車を牽く髭面の男が, ……"
僕の夢の地面に腰掛けて
"苺, /いちご……"
─と言葉を, 差出すようにするのです, ……

"紐育の稲妻は美しいでしょうね
雨はどんな色をしているのでしょうか, ……"

"もう,
一本の樹木もいらない, ……"

そう呟いたのは

184

わたしたちの命を造っている
稲妻や夕立だった
のかも知れません

あたらしい森の緑の光のなかに
わたしたちは歩いて
行こうとしていますね

時を數えて
そうして裸足でね

いちょうの古木に逢いに行つた, ……

「女の心」が宿つていた, —「男の心」も少し, ……
いちょうの古木に逢いに行つた, ……
       二度も三度も

"わたしにはなにもみえ, ないのです, ……"
何處で音を立てゝいるのか, 何處が搖れているのか
「宮城野動植物十詠」の, ……鶉, 雲雀, 鈴蟲, 寒蟬, 萩, 藤袴, 我裳香,
女郎花, 刈萱

ふと思う, "種を拾う, ……"って, 英語では何というのでしょうね?

"乳銀杏の種子を拾う, ……"—わたしたちには
  "拾う""拾う?"ということしか
      することがないのかも知れませんね

宇宙も俯く/店先の可愛らしい七夕/子供の背のたかさ
"樹とはこのようなものだ, ……"と誰かゞ呟く, ……

 "音をたてゝ食べてはいけません
 お茶碗の緣を叩いてはいけないよ
 ご飯を一度食べはじめたら, その場所をうごいてはいけない"

 と, 古い昔の女の聲が, 聞こえて來ていた

186

"俯いて／見上げて”“命が重ねられていること, ……”に氣がついていま
した
　電車の隅の座席に, 戀人の手に手を重ねて, 高校生が二人居た

（わたくしには上に, ”屋根”がない, ……）

“手は, 拾えた?”　did you pick her fingers up?

「女の心」が重なっていた, 「男の心」も少し, ……
　いちょうの古木に逢いに行った, ……
　　　　　　　　二度も三度も
　　　　　　　　　　お辞儀をしながら

わたくしたちは何處まで行くのだろうかもう果しがない氣がしていた

"ウオゴス"の一語で, "　　が, ……"蘇つた, 次の日の朝
Doubletree, 朝露に濡れた"あたらしい記憶の丘"に
挨拶をする. u, o, e, も"ひらがな"のようですと
なんだろう, この"ひらがな', ……

掌を墨で汚して(初めは惡戯と思ったのだが,
……)段々に, 心も身体も墨壺に沈ンで行つた
信濃川という名が美しい
言葉の下風にかすかに戰ぐ,
　　　　　　　空氣を辭典のようにして
わたしは生きて來たのかも知れなかつた, ……

眞夏の中庭の鳥は, 濃淡を啄ンでいて, それが
　　"鳥のゆめ"であったのかも知れなかった
"ウオゴス"の一語で, "苺が, ……"蘇つていた
"支那墨の匂い"がして, 一角獣が, やゝ濡れた鼻を上げた
　　兒, (蠢), 呉, (虞),

房が, 房も, 尾の(翼の)ようにではなく, その搖れ
を絶めて"空氣言語"も, 頭を埋メて, なにかと竝ぶ
言葉が言葉と　ぶとき, ……
　　"eel"とうとう, ……
比翼, 岩陰の長い, 遠い, ──金/綠/灰の性行爲

188

丘に登りながら遊ぶ, ——それが人性にわたしが學んだ
すべてだつた
物質の蔭の雲母の薄バのうつくしさ, ……
(カタカナの"ハ"に濁点を打ツノガタノシイ)
支那墨の匂いがして, 一角獸が, やゝ濡れた鼻を上げた
——"山形も拔殼ですから"

波頭と地中海の何處かで(心を盡して)戲れていた, ……一角獸は
草原の上風に, 鼻を上げた,

　　　　　　　　　　　"雌の豹の心", ……
空氣を辭典のようにして,

　　　　　　　　心は,

　　　　　　　　　　　何處までも
インク壺を, (零したな)海圖の眞下の島, 根に……

　　　　　　　　　　　　　　さゝえていた

初め(肇)の日の, 若竹を想像して, 紫折戸をひらく
詩の宇宙は, 開闊

　　　　　　無邊,

　　　　　　　　爐端の栗が爆ジける

"ウオゴス"の一語で, "苺が, ……"蘇つた日に,
Doubletree, 朝露に濡れた"あたらしい記憶の丘"に
挨拶をする. わたしたちは何處まで行くのだろうか
もう, 果しがない氣がしていた

不思議な竝木道，……

"一本の樹木もいらない，……"……，ト
こゝにしかあらわれることのない倖せが，秀ッと
粒燒いたように感じられた，それは，"on""寒い"
"on──寒い"

もう泳ぐことのない魚の，勇魚の裏地／肌(?)
"尾ゝン，寒い"──遠い海鳴りの音
であったのか，感情を小骨のようにして私も歌う
子供の惡戲が幽靈の足跡のようでした

"八甲田山が宇宙の起源だ，……"と語ったことのある
棟方志功さんは正しかった，とても"薄い／濁った"
硝子の「ドームのようにもりあがっている」丘
"ゝon──寒い"──わたくしは銅版畫家だ
("珍，渦，……"

竝木道子さん(路子さん)，島と河口と林檎の木さえあれば，もう
"一本の樹木もいらない，……"
生まれて來たことの不思議な方へ，皺，シ／ハ
髮もゝゝいらない，三內丸山の展示室で

繩文のお人形さんが，"三ッ編ミね，……"ト，……さ，さ，や，い，た
"お洒落ね，……"と私は應へたようだ
"しっとり柔らかいものからことばが出た女のもの"

縄文は髪形だつたと判つた日に
七千年？　八千年の"もの/かたち"が消えて行く

十三塚, 小子內, ……それは小高いイメージの丘であつたのかも知れ
なかつた
大きくつても小さくても, もう, どうでもいゝさ
"on──寒い"
("珍, 渦, ……"

"一本の樹木もいらない, ……"
"こゝにしかあらわれたことのない倖せが, ……"
穂(最?), ……と呟燒くように感じられた
("珍, 渦, ……"
不思議な竝木道, ……

"飾られたはな, ……"のようなたましいが, ……
――一九九五年十一月五日, 大阪芸術大學「學園祭」に, お招き下さつた,
　お禮の(レポートのような, ……)詩篇, ……

どうしたのでしょう, "わたしのたましいは, ……"
一九九五年十一月四日
橫濱で, "扉船"という船が, 旧渠居に, 挾まれるようにか, 睡つているら
　しいことを教えられて, わたしのたましいは, その刹那, 浮き立つよ
　うでした
"ゼエモクブネ(材木船, ……)"の幻だつたの, か
はたまた
こんな"透き間"のような"フネ"が
　この宇宙には, 遍満手居て
"わたしのたましい"ヘ, そつとわたし二, この"宇宙を滿たすため二, わ
たしは來たのだ……"そう呟く"こえ"を, わたしヘ, きいたのかもしれなか
つた
　甘まーい
　さびしさ
來年になつたら"自轉車"を, 購おう. そして, 草地にそつと倒れて,
"わたし"に似合う"幽靈"と"道おしへ"と"菫"に, 話し掛けてみようとす
　るのかも知れなかつた, ……

判らない
判らない

その"未來"の"時"さへも, 既に過去ッテ, シマツタノカモシレナイ, ……

192

ソシタラ,

　　　　ミツチ,

　　　　　　　ミンツチ(水虎, 河童(かわゝらわ)のこと. 折口説に
よると「海の妖精」, ……,

ヨシマスもそう思ふ.)

ソシタラ,

　　　　ミツチ,

　　　　　　　ミンツチよ

死に絶へることも
亡びることも
出來ない
妖精の(wineの芳香,

　　　　　　仕草＝擧動,

　　　かすかなかなしみ……　　の)環＝, わたしたちは近づいて行く,
そこで,

　　　　待っていてくれていた, ……
　　　　"飾られたはな, ……"のような"扉＝船, ……"

京都驛にさしかかって, ふと蕪村の心を思い, "飾られたはな, ……"が
　浮んできたのかも知れませんでした

親友の死を哀傷つゝ，巴里の春の朝，霞のような光のなかで

澪を心の刺青にして，古風車の地の，"風の思い出"の仔(馬?)
"わたしたちは弱い獸だ，……"
と云いながら，わたしはまだ生き延びていて，"金色の天使"を見上げた．

澪，水緒こそが，水の旅であったのかも知れなかった，……
"宇宙船には　子の靴がない"と粒燒いた一角獸の人　い，一匙のゆめ，
　の，ふ，く，ら，みであったのかも知れなかった

友の死の追悼と弔辭のために，あたらしい曲を作曲しようとしている
　　自分に氣がついていた，作曲家でもないのにね
死顔の君の，……なんで何度もみに行こうとして立って行ったのだろ
　う
十年振りに巴里に來ると，金色の回轉木馬が，……
(大セーヌ，……)水面のようにかしらね，上り，下りしていて
心に沁ミル

死顔を見に立って行った，"羽衣"を啄ム，鳥の嘴，……
君と一緒に記念寫眞をとった，リュクサンブール公園に行って
木のベンチ，木製ベンチの緣を象るようにして触ってみたい，けれども

　　疲れた自分の身体を
　　鯨のように横たわらせ
　　奈落の底に沈んだ．
　　……

194

氣づけば森の中である.

"君の鯨"と"君の森"に今日は触ろう, フランス語で"鯨"は, どう響く
のかしらね, 海の奥で, イブ タンギーと僕は, 小石の傍に んで聞い
ているよ, 惜椎いことをした, とセーヌも粒燒く

澪を心の刺青にして, 古風車の地, "風の思い出"と仔馬も粒燒く, 惜
椎事尾いことをした……惜椎いことを

灰色の石疊, 惜椎の丘, 灰色の石疊, 惜椎の丘, 灰色の石疊, ……
"疲れた鯨""鯨, 疲れた……"

丹後から來る母鯨のために

"丹後の石といわ笛とエコーインスツルメントを持参します"
不思議な facsimile が
東京デザインセンターからとどいて, 渚を歩きはじめた, "疲れた鯨, ……"が, 丹後から
"二河白道, ……"と濁聲が, ふっと顯はれて消えた
奄美の染田に佇んで居たときの, それは, "私の聲"であったのかも知れなかった

　　　　カスレタコエ,
　　　　　カスレゴエ,
　　　　　　カスレタコエガ,
　　　　　　宇宙ヲ,
　　　　　　　ヒロゲロ,
　　　　　　　…….
　　　　　宇宙ヲ
　　　　　　ヒロゲル,
　　　　コノハシノ
　　　　　　緒ノ,
　　　　　　　色ノ,
　　　　　　　聲ノ,
　　　　　　果ヲ,
　　　　　　　歩イテ,
　　　　　　　　行クコト,
　　　　　　　行ク,

コト　コト　コト　コト

"場面を生かすように祈る, ……"誰の聲だろう, 場面とも場面とも,
一緒に聞こえて來ていた
"搖らしたい, ……"わたくしも
"境界面を, ……"を, 搖らしたい

フランス語で"ネブカドネザル王"と聞いた日に, その根の,
僅かに掠れた聲が, いや, 斜枯/聲だ!　わたしを震　させた, ……
"斜塔, ……"

あるいは

棍棒のようなものゝ空氣だ!　それは, 消えそこなったハイフンやダッ
　　シュ, ──詩とは, ふかい未練の生きた傾きにとゞく棒のようなもの.
　　絲や風に戰ぐ短尺や, 口惜しいちびた鉛筆のような, "だぼはぜのよ
　　うなモモンガーのような……"
フランス語で"ネブカドネザル王"と聞いた日に, その根の, 斜枯/聲が
　　わたくしを震撼させた

珊瑚の海門を, 舞いつ　, えッ, 立ち泳ぎで?干潟に入って來た
"疲れた鯨, ……"は, 粒燒いた, ……
水のなかで水をみるように, 詩がみえる
"海底の傾斜面"が, 懷かしい, ……
丹後半島は母の國, 其處から石をはこんで來た音樂家が, 天の橋立を
　　作る

橋立が"疲れた鯨, ……"の通路だった
"疲れた通路, ……"

こうしてわたくしたちもわたしたちの心の芯にちかづいて來る，芯は
　　とっても濁つて，掠れているけれども，……
飛白？　賀擦れ？

今年の夏の一夜のイベントのために，五十年振りにわたくしは母親と
　　語り合ったのかもしれなかった
終戦後の機屋のわたしは息子で
夜業の筬通しが八歳の子供の仕事だった
薄い，經糸の，櫛の目を，一ッ空けると，戻っていった
（寸法はまだ鯨尺だつたな，飯能の織姫さんも，住ミ込みで，……）

辻けいさんの仕事は，そんな織姫さんたちの夢の實現であるのかも知
　　れない
わたしにはそれがよく判るような氣がしていた
だが"あの子"の眼は，何處にとゞいていたのだろう
"その筋に沿う（添う）ようにしながら，
〈布〉を置いて行つた"

に沿う（添う）ようにしながら，
死の編目（ト"掠れ"，……）
にとゞいていたのかも知れなかった，――

筬に，差し出される，幼い手の
水邊にそって古自轉車に乗り，"水際と死際と一葉の寫眞，……"と粒
　　燒いたとき，わたしは"寫眞"がわかった氣がしていた
"そこまで，歩いて行って，殘して行く，……"という内心の言葉によっ
　　て，わかって，いた

198

不思議なことに
景色は立って來て居た
源氏螢には, 葉裏の, 黒い, 傾いた景色, ……それも佳い

丹後から來た母鯨のために, 掠れて, とりどりの絲の道を, 泣んで歩い
　　て, 置いて行く
"潮招き"の, 巨と小の, 両手のように

ここまで書いて
facsimile が作動していた, 紐育の Jonas Mekas さんが, It's so hot in
New York と綴りながら, さらに But I am sorry to say, I know noth-
ing about poetry. Basically, I am a graphomaniac, I just like writing.
Writing as an obsession, or some kind of craziness. とつ　けていた

どう譯すのだろう

graphomaniacという響きが, 美しい. 手に綾なす繪のような書人のこ
　　とだ
また　fax に救われたね, ……

妣の國の下の母の聲に耳を澄ます

呑浦, 押角──と母も妣の國の下, の母の聲に耳を澄ます

"宇美"の"角毛朧火"の"すみれ色の途方もなく深い穴の底, ……"のような, 加, 計, 呂, 麻……,

──宇宙

"遠い猿聲を唐音で, ……"聞いていた

"宇美"の"手触り, ……"

なんかね, 夜, コンビニに行くと, 携帯電話で宇津屈(隅ッ?)た若い人が, 潮の香りを開いていた

面白くない?

ミホさん,──

海の手触り, ……と, 不圖書いて, 自分で, 自分の掌を, 裏返してみて驚いていました

何でしょう, この靜穩さは, ……

"フィルムにも裏と表があるように, 光にも表と裏がある, ……"

珊瑚の海門を舞フように(そっと)干潟に入って來る

"疲れた鯨, ……"は粒燒いた, ……"わたしたちも陸地, 懷かしい, ……"海久爾の表裏, ……

ミホさん, ──

"長い垣根"でしたね, "潮が滿ちてふくれあがってきた"島尾敏雄さんの心の中心の不思議な"かすれ(掠れ!)", "滯り". その, "心"が, 「家の中」に戻って

ミホさん, ──

200

そうしてはじまった

大渦潮から, 誰が潑したのかもう判らない "あなたもたーいしたもんね"

柴田南雄先生が, …… "羽田まで車をころがして行って, 歌垣山へ, ……" といわれたときの聲が, とても懐かしい

潮の香り

『死の棘』の芯の言葉の通って來た "長い垣根" ("そこに貝の美 も這入っていた") "長い宇宙", ……

ミホさん, ——

蟬も拔殼をいつの日にか, 遠い宇宙で "じぶんの命" を象るように, ……

清書するのではないでしょうか, ……

わたくしたちは "時の歩 or 回廊" の境に立って, ゆっくりと, 歩いているような氣がします

島尾さんは(竝んで歩かれるとき)右側でしたか,

『祭り裏』という題名も不思議です

"ぎっしりと目のつまった肌の織目の, ……, 疲れた鯨, ……" は, 二頭, 三頭, 子鯨を連れて, ……

水際で手を振るカニのことを "潮招き" といいましたね, ……

南海日日の松井さんに, 振る手のカニの片手が巨きいと聞いて,

わたくしは「ばしゃ山村」の電話口で, しばらく茫然と氣を失うようでした

ミホさん, ——

"潮招き" が手を振らなくなったとき, 宇宙も道路を見失う

"うす緑の地色に濃紺の蘭の畫かれた燒物の肌に移った人肌のぬくもり"

心にも肌があって, それで心が隱かになるのでしょうか, こんなにも心が和いで來るなんて

201

この世の何處にもない，遠い，南の思い出でしょうか

ミホさん，——

何でしょう，この静穏は，……

"海の手触り，……"と書いて驚き，自分で自分の掌を，裏返してしばら
く見詰めて居りました

"ちらつく雪を舐めようとして"

編布文, 布, ……犀の角を古里の方角に向けて竝木道, ……

わたくしたちももうわたくしたちに別れを告げて別々のミチを古里に歸る
　獨り, ……若い幽靈の肩に　つた氣がした, 綠の木蔭の(寫眞の)角からもう1年, ……
　"泳ぐカフカ"この肩にも触つた, 誰かがわたしの肩にも, 少し

　碧眼金髪のお白樣も, 帽子を目深かに被つて舞台の袖に居る, 舞台の袖は, もうないのだけれども, ……ブリューゲルの祭禮の隅の"繪の少女"も
　わたしたちは盛土の土を舐めたものだ, わたくしもまた

　　　　先生の詩句の眞似をして
"御形の薺の田平子の

　　　　　灰色の夢をふんで
　　　　　　　靜かに
……ちらつく雪を舐めようとして舌の先を突き出している"

でもね, 先生, 僕達は, 舌の根を乾かして, それから發語するようになりました, ……"編布文"でねが, ……
　不思議な竝木道, ……もう道路に, 路肩や道邊は, なくなってしまった

ムラサキノウツクシイ菫が舞台ノ芯ニ立ッテイタ, 立ツトイウコトハ, 不圖アラワレルコトナノネ, 藤田サン

根の, 舌の根の, 響きをきゝに, 角の木村書店に這入ッて行つた
　　　　　（「お乃」の雪割そば, 美味しかつた, ……）
根, 根源, ……を,
　　　　　　　　しばらく長目ていると, 言葉も, ふと
　　　　　　　"淋しい, ……"という

長者山のひるさがり, 8, ……八戸は, 丘の尾の竝木, 不思議な　木道,
……

"丘に登りながら遊ぶ——それが人性にわたしが學んだすべてだつた.
これはわたくしが書いた詩の行だつたのだけれども……, わたくしたち
はもうわたくしたちに別れを告げて, べつべつのミチを古里に歸る

"犬冷え"つて何, ……?　幽かな紐のような聲がして, 立ちどまつてい
た
丘（を引く）, 丘（なかば）
やや褪せたアジサイ
（ピアノのように響いている, ……

青森
青森

ミルク(「彌勒」,……)

ミルクが
　忘れてしまった道を, わたくしたちは, 再び
　　辿りなおしているのかも知れなかった
眞白い貌/わたくしたちのこころの舟,……
徳之島に辿りついて島と島の間の庭の狹さに驚いていた
これは
海ではない,……

道の島,……
こうして, 文中の「注」を辿りながら
手をふっていた,……

その
手をふっていた

そして
心が少し奧が干瀬に似て波打ち歌を歌いたくなっていた
徳之島を南海日日新聞の高槻さんにクルマをかりて
半周すると"手々""手々小學校"に出逢って驚いていた

獨りひとりのミルク
ミルクもまた宇宙, "ティの徑に, ……"
テイテイ,……

「Pass to thy Rendezvous of Light 光の(この)ランデブゥーに行くように
Pangless except for us—　わたくしたちには痛苦が残されいてる」

光のなかに亡靈が，
テイテイテイ，テイ，
「その鳥のなかには　井戸のようなものがある」
瀬利覺の井の

石組に身体を預けて
奥さんと話し込んでいたとき
"することがなくなってまつてのう，……"
"のう，……"はあつたか
もう
語尾も忘れてしまつた

することがなくなつてしまつた
ミルクも
蒼白のハダ，カの白さ
奥さんはまた，川での湯浴は
闇のなかだと教えて呉れた

ミルクの
蒼白の肌
蒼白の肌
のミルク
を，

忘れてしまつた道を，わたくしたちは，再び辿りなおしているのかも知

206

れなかった
　徳之島に辿りついて，島と島の間の庭の狭さに驚いていた
　ここは
　海ではない，……

　　　　　　　　　　　—徳之島，亀津九八年七月十三日朝．日の出旅館．

赤壁に入って行った

　炎暑八月，私の眼に赤壁が映つた．川のむこう，鐵橋はかかつていない．總重量噸はどうやってはかるのか．私の，視線を吊り上げはじめた．川のむこう，聳えている赤壁に，その内奥に彫刻物が忍び込んで，はつしている光がみえる．

　光がみえる．

　山中の川幅は，五十メーター位，川床は岸から下つて三メートル？

　私は測量士，川筋の，私は測量士だ．

　川の川底を大水が通つて行つたのはきのうのよるのこと？そのまたきのうのあさのこと？　下流に向つて靡いている，土砂にまみれてひかる草木に話しかけた．

　私，交換手？　私は交換手？

　大蛇のように怒つて？　豊かに？　きのうのよるなのか，きのうのあさなのか，通つて行つた，大水の背丈を測ると，貴女は，一メートル七十五センチだ．熱い息吹きを感ずる，背に脚に股に胸に背筋に……抜き去るように，身体を吊り上げて，岸に身体を揚げて行つた．

　私は，河川の游泳監視員？　游泳監視員？　判らない．

　脇に，鮎供養塔が立つていて，その聲におどろく．

　そばに行くと，私達の聲も囁くように優しくなる．そのそばに行くと，細かくきらめく小魚や魚の聲が潤こえて來た．私達は清流のイメージを，しばらくさわつて，つかまえていた．

　砂の物？　砂の物？

　そのとき，低くなり小山になり，小聲になつて，鮎や鮎の頬に指をつけていた，砂になつた，私は流れた？

　そして，ふりかえると，對岸の大赤壁は，一メートルか二メートル，こ

ちらの岸へ傾きかけ，石火，炎の貌──，その奥に宇宙も幾つか，彗星も，熊も，そして，私の掌にいたバードストーンも，赤壁の空を跳んでいた．

　古座上流，一枚の大きな壁のたつ不思議なところ．

　こさかな，こさか，
　な，そここさかな．

　八月十一日
　赤壁に私は入って行った．

啞の王

コーマ驛は此の方ですか？　コーマ驛は？

　訊ねている私の聲は，汽働車に乗って，八王子から，ハコネガサキを通り，大水の通った，亂聲のように跡を殘す，中洲に，私は分身を吊り下ろし，窓に左腕をかけて，幾つか，峠を下り終えると，**ああ，ここも，小アルカディアだな**，呟く町を幾つかみつけて來た．

　私の聲，石の聲？

　きのうのしずかな夕闇は，いまから數えてまだ，十七時間前なので，小橋（こばし）を渡って振り返り，川岸のテント幾つ，ナンの色かと振り返り，そして，夕闇に，仰向けに寝る王の姿が目に入った．

　王だな，そう王だな．

　啞の聲，石の聲？

　數日前，友人の小説家に連れていってもらって見た（眼の底に聳え立った）熊野山中の赤壁に，私は入って行って，出て來ていた．封じ込められた，そして出て來たのは私だった（分身ではなく）．石の鳥（バードストーン）が赤壁の上空に，幾体かの彫刻物　宇宙も幾つか，彗星も熊も，赤壁にいた．

　盲目の王，啞の王．

　ハコネガサキを通るとき，其處がヨコタで眼が引いていた．

　測量士が引く，夏の雑草？

　私は少年の時に頬の傍をかすめて通った軍用トラックだ．幾台も幾台も，砂塵をあげて滑走路擴張のためにトラックが走って行った．夏の雑草のカゲを飛ぶ，小型のB36．頬の傍をかすめる，測量士のボーシ？あるいは白い脚，石に映る．

滑走路はかがやく夏の大化石.

　　　　　　　　　　　　　誰だろう, ネブカドネザル王?

　その通行路の路傍に, 石を握って私は確かに立っていた. 記憶の奥の
小橋(こばし)をしづかに渡つては, 振り向く. その樹の根を廻るようにし
て呟く, フシギな響きだ. 樹の根の囁き, 石化するものの囁き.

　ハコネガサキのネカブ(根株?)
　(箱根ケ崎)

　根,
　株?

　コマ驛は此ノ方ですか?と訊ねていた私の聲がまだ耳元に鳴っている.
カミがパンクの若者三人の耳には, 夕暮, 私の聲は, きっと(好摩)に聞こ
えていた.
　頬を少し染め, 眼元を少しすべらせ, すれちがつた, その娘さんとの距
離が四十センチ位だつたから, 化粧の匂いがした.

　山の方へ. 遠くへ行って, 王妃のことを考える.

　ああ, いま, 東武ノ電車が峠にさしかかる頃だ.

織姫

テルさん！テルさん！

秋雨激しい(台風の前兆でしょう)日の暮方，山奥の呼び聲に誘い込まれるように，中央線に乘り，分身は，片足で反動をつけて，ブレーキを踏んでは，車輌をゆすっていた．

小黒い影だ．十數時間前に，地下鐵の出口で手渡された「夕張山存續」のビラ，出口兩端にいた，二人の鑛夫さんの身體のゆれが，(そうだ！)あの人二人の身體が眼底に殘って，(時)が流れはじめた．

山奥の呼び聲に誘い込まれた，秋雨激し．

其の奥の分水嶺から大菩薩峠の呼ぶ聲がした．雨のなか，この宇宙には存在しない山のかたちを想像しながら歩いて行くとき，アメは小石のように頭巾をうって，私は存在しない山のかたちになって行った．

その山のかたち，頭巾(薄いブルゾン)をうつ雨．バッグに入れた小石二つ．もろともに，私は，石神前ノ驛から下りて，歩いて，(水勢の音に引きつけられて)中間点まで行つた，光り橋？

ひかり

，橋

薄あかりにすかしてみると，(くもんばし)，幻の環のはし，(歩道)橋をわたって行った．一人は補助ブレーキに身體をあずけた．一人はダブル(に)ふんだ．そして，地下坑に行く坑口に立っていた夕張の人，二人は幽かに空氣にオビをえがいた．

いまごろ下りの車掌室は青梅にさしかかり花の色に染まる？

山は織る．

（くもんばし），両手をのばして，欄干が両手にふれる．石神ノ前（無人驛）から，水勢に誘われて激しい雨の中，光り橋，くもんばし，上流，下流と橋上を歩行して，奧處をのぞき込む．光り聲．

中間にとどまり，何故か判らない，誰もみている人がいないから，私は幾度かはねてみた．百メーター下の存在しない山の幽かなかたちを浮かび上らせ——，頭布をうつアメ．

秋雨激しく，

ヤマは織り．

石神前は，郵便バコ（清算バコ）が立っていた．無人の驛は秋雨に濡れていた．昔，幾百トンの石灰の匂いのなかに立って，青い花，貝類も魚の化石も，青梅線はスコシズッ山を下りて行った．

木製のベンチが二脚殘っていて，私は，隣の二股尾驛まで上ッて行って，カンビールを買い求め，その木製ベンチに四十分か五十分位坐って，考えていた．そのときには，判らなかった．

暗い山際の休憩所だった石神前．

テルさん！ テルさん！

テルさん！ テルさん！

赤壁から響いて來るのか，山奧からの呼び聲だ．私の記憶のなかの織姫の聲（照子さん？）．

二股尾，フタマタヲ？

昨夜は貨物列車に，二度出會っている．

いまの貨物でしたか？ カサを持って，訪ねて來たのは誰だったか？

遠くへ行きたい心を追ってカサを持って線路脇に居た人．

どうして一緒に乗ってしまったのだろう．（シモヤマさん？）木製ベンチがあり，片面は崖で，書齋のような石神前にいて，次の，上り，**ああ，ひかり**（電車）が走って來て，それにさそい込まれたのだ．女ノ子三人が次のド

アから乗り込むのをみていながら、とっさに判断すれば、あの子たちがこの驛から居なくなれば、石神前はしずかに成ると判る筈が、私はさそいまれて、ひかりの上りに入ってしまった。

　高一くらいの女ノ子、三人は室内のひかりに溶けた。

トロッコ?

路床に小石の聲、水に濡れたスカートを幾度も見上げた。

トロッコ、

とろっこ?

テルさん! テルさん!

少女が獨り宙に浮かぶ

荒木の姿が少し傾くのは何故だろう
——“リアカー, 死の乗物”?まで, 荒木は歩いて, そうして戻って來ていた

わたしたちは, わたしたちの身体の芯の棒を揺らして
アスファルトの薄い影の下にと入って行った, ……

「黄泉/夜見」の伊櫓ハ, 轍は, 雙つ, ……
“水蜜は一つ, ……”と, 誰かゞ囁やいている

薄い, 汚れの, 「この世」との接触点を, 傾くリヤカー
よく見てごらん, ”いや, いや”を繰りかえしているが, おなじではない

それは記憶の深い旅だ

少し離れて, 旅をしよう
“わたしたち”の生きている, さゝやかな　しの

「黄泉/夜見」の伊櫓ハ, 轍は, 雙つ, ……
“水蜜は一つ, ……”と誰かゞ, 囁やいていた

死際にうつされた桃の白さ, ……
“存在しない白さ”, の縁をわたしたちはのぞき込ム

それは記憶の深い旅

昔, 道路は高かつた. 砂利の丸石ころの日當つぽい
五十年昔の道路を行く牛車, その後尾に「わたし」は
乗ることが出來なかつた. 幾度, 跳ねても,
"草笛を吹き, 雙脚をぶらくさせる"

牧歌的な景色に跳び乗ることが出來なかつた, ……
其處から, ようやく"わたし"は, 歩きはじめた

"もしも, 宇宙が, (シーソー seesaw), に乗れなかつたら"
荒木の姿が少し傾いているのは道路が傾いて居たからだつた

雛の道, 三々五々
五々三々, 雛の道

"碧玉の死後の海底に下リテ行ッタノ? リアカー"
指を濡らして立てゝいる人影が傍に居るような氣がしていた

少女が獨り宙に浮かぶ. しーそーの傍に

死の乗物/リアカーが跳ねている
　　　　　　　跳ねて居る
　　　　　　　　跳ねている
　　　　　　　　　跳ねて居る
　　　　　　　　　跳ねている
　　　　　　　　跳ねて居る
　　　　　　　跳ねている

216

死の乗物/リアカーが

少女が獨り宙に浮かぶ. し—そ—の傍に

　　　　　　　—荒木經惟さんに. そして荒木陽子さんに. ……

木の,「妖精」の, 羽衣が, ……

わたしのなかで「妖精」を喰ウ者, ……
衣は羽衣を喰むおとがして, 夜牛にわたしは目覺めた
一九九五年十月二十八日
對馬海峽を(何處へ行く, ……)いまごろ,
　　　　　　　　　　　　　　　"風は, ……"
　　　　　　　　　　　　("何處へ行く, ……")
波と風と鳥は,「幽靈」を飛んでいる
樹々に泊った鳥たちは, "その夢の境界"に居る
午前二時二十分
對馬歷史民俗資料館でみた
"ゼエモクブネ"が語り掛けた
わたしのなかで「妖精」を喰う者に,
優しく, 靜かに, 内海の横丁のような漣波が
しずかに語りかけていた

木の,「妖精」の, ゼエモクブネが
("わたしは杉の粗角材のイカダだが, ……"
木の,「妖精」の, ゼエモクブネが
(不圖, 紅をさして語り掛けるように思われていた
木の「妖精」の, ゼエモクブネが
優しく滑る「触ったことのない丘」のような
「海」もあることを
わたしにそっと教えてくれたのだった
そのために

218

氣象通報の
こゝだけが
對馬海峽にだけ
海上風警報が出ていたのかも知れなかつた

"死のなかで蜜のように熟れるもの, ……"
わたしたちの庭だから
わたしたちの夢の庭だから
わたしたちは首を振る
わたしたちは首を振る, 縦にではなく横に
"死のなかで蜜のように熟れるもの, ……"

海獣葡萄文も白桃も—よく考えてごらん
"わたしたちは, 靜かに, 首を横に, 振る, ……"

ゼエモクブネに, ピクニックの籠のように
　　　　　　　　　乗せられて
　　　　　　　　　いたもの
　　　　　　　　　あれは, 一体なん
　　　　　　　　　だつたのか?
たしかに籠に蕾がついていて,
　　　　　わたしは,
　　　　　　　その,
　　　　　　　　　下方の,
　　　　　　　　　　「蕾」を,

"わたしはみていた"のかも知れなかつた.
　　　　　　　　　　　生きるということは

　　　　　　　　　　　　　　　「蕾」の積重ねだ
　　　　　　　　　　　　　　　摘み, 芽み, かさねさ

ゼエモクブネに, ピクニックの籠のように

　　　　　　　　　　　　　　　乗せられていたもの
　　　　　　　　　　　　　　　あれが, とほい
　　　　　　　　　　　　　　　先祖の「わたし」
　　　　　　　　　　　　　　　を入れた「籠」で
　　　　　　　　　　　　　　　あつたのかも
　　　　　　　　　　　　　　　知れなかつた
　　　　　　　　　　　　　　　穏やかな航行
　　　　　　　　　　　　　　　の日もあつたろう

髪を波型にとゝのえていた──宇宙の静かな日
午前四時, だんだんに, 波が下に沈むように, 風が

　　　　　　　　　　　　　　　遠くなって行く

冷蔵庫がないからビールが取りだせない
美しい, 何もない庭を, 宇宙は目指しているのかも知れない

平らかな,
ゼエモクブネに
林檎の香り
を
添えて
わたしはわたしへの贈物にした

もう
風の音だか

波の音だか

リール
の
音だか

わからない

石!

　櫻も散って　iさんね　校庭の隅の少し薄明り(薄みどり)の　砂の粒の
宙空に　幾つか散っていた櫻の花びらのように　二，三メートル宙に浮
かんで　左右に機体を喜んでふるわせて(割合大きな櫻色のUFOを思い
うかべてみるといいな)　(校庭の隅の薄明り)　薄みどりの三，四メート
ル上空に　iさんね　不思議な物　が浮かんで静止しているのね　すこ
しバックしているのか　ぼうっと薄みどり色　こげるようなにおいがし
て　そこに浮かんで　ました

　物体が　無意識のうちに横すべりするようで(しかし　あいかわらず
機体はきらめきつつ　ふるえているようで)ゆるやかに三千メートル?
五千メートル?　七千メートル?　四千七百メートル?　大空を　蒼黒い
赤銅の褐色の無意識のうちに　着地する土地を探して　この物体は飛
翔しているのでしょか

　iさんね　iさんね　アメリカ インディアンのおまじないのような繪の
つくりかたに　サンドペインティング(砂繪)というのがあるのね　砂を
大地にふりまいて繪はできあがり　四，五時間?四，五日?　するとその
繪は浮遊して　一枚の魔法となって別の宇宙に横すべりしていくのでし
ょう(か)

　iさんね　空飛ぶ喜びにふるえる物体が　超高空を滑走する時　神の
目も宇宙の幾千の目も喜びにふるえる物体と土地の間に幾列かになっ
て並んで?(笑って?)　薄い被膜層　ふるえる膜になって並んで(私たち
の目はこうして外へすべり出すようです)

薄いみどりの言葉のかげよ

　春が終わつて散つていつた　櫻の花びらの下の土のかすかな濡─その濡を花びらと一緒にそつと洗うように持ちあげてみる時　私たちの校庭は大きくランド・スライドして傾むいて　その時遙か幾億光　1年の時の丘陵はほつと耀くようです　薄みどりの薄墨の薄みどりの薄墨に輝きふるえ輝きふるえ　iさんね

　イシ,

　石!